KB114183

딕스전기

FANTASY FRONTIER SPIRIT

봉사 판타지 장편 소설

딕스전기 1

봉사 판타지 장편 소설

초판 1쇄 찍은 날 § 2014년 8월 19일
초판 1쇄 펴낸 날 § 2014년 8월 26일

지은이 § 봉사
펴낸이 § 서경석

편집부장 § 권태완
편집책임 § 박용서
편집 § 박가연

펴낸곳 § 도서출판 청어람
등록번호 § 제387-1999-000006호
등록일자 § 1999. 5. 31
어람번호 § 제1-1917호

주소 § 경기도 부천시 원미구 부일로 483번길 40 서경B/D 3F (우) 420-822
전화 § 032-656-4452 팩스 § 032-656-4453
http://www.chungeoram.com
E-mail § chungeorambook@daum.net

ⓒ 봉사, 2014

ISBN 979-11-316-9164-9 04810
ISBN 979-11-316-9163-2 (세트)

봉사 판타지 장편 소설

FANTASY FRONTIER SPIRIT

딕스전기

1

DIX SAGA

도서출판 청어람

CONTENTS

프롤로그   7

제1장   운명을 바꾼 악몽   27

제2장   넓은 세상으로 나가다!   83

제3장   누군가 나를 노린다   129

제4장   공왕 친견   177

제5장   마나 순환 수련법   215

제6장   견습 마법사가 되다!   263

딕스전기
DIX SAGA

프롤로그

대륙력 4250년 10월 9일.

올해 열아홉 살인 나는 남작 영지에서 수석 기사로 복무하시는 아버지 덕분에 영주관의 행정 수습 주사보로 취직했다.

행정관서에서 내가 하는 일은 매우 단순했다.

태어난 이후 영지를 단 한 번도 떠난 적이 없던 나의 단순한 삶과 지금의 이 일은 무척이나 닮았다.

나의 업무란 청소와 갖가지 잔심부름에 간단한 서류 분류 작업이 고작이었다.

나도 나 자신에게 마찬가지였지만, 3개월 차 수습 주사보인 내게 상관들은 별다른 기대를 하지 않았다.

한마디로 정리하자면 내 삶은 그냥 그랬다.

이런 나의 지루하도록 평범한 일상에 딱 하나, 눈엣가시인 한 녀석만 솎아내면 그럭저럭 괜찮을 텐데 늘 그 부분이 많이 아쉽다.

나의 아버지는 영지의 수석 기사로 준귀족이다.

흔히 훈작이라고 불리는 이 신분은 귀족 계급의 최말단으로, 작위를 부여 받은 본인에 한해서만 준귀족의 대우를 받는다.

때문에 아버지를 제외한 우리 가족은 모두 평민이었다.

나의 큰형 테일은 열두 살에 수도 칼라힐의 왕립 아카데미 기사학부에 입학하여 7년 과정을 마친 뒤, 상위 10프로에 드는 우수한 성적으로 졸업했다.

졸업 후, 1년을 칼라힐에 머물렀던 큰형은 무슨 일인지 그 생활을 정리하곤 폐인 같은 몰골로 고향으로 내려왔다.

지금은 그때의 모습을 털어내고 영지에서 수습 기사로 일한다.

나와 늘 투덕거리던 고집 세고 다혈질인 작은형 마크는 집안의 제대로 된 지원을 받지 못했다.

어릴 적부터 욕심이 많던 작은형은 어느 날 편지 하나 달랑 써놓은 뒤 어머니가 모아두신 돈을 갖고서는 지 혼자 잘살아

보겠다며 가출해 버렸다.

이 일로 어머니는 몇 달을 앓아누우셨다.

마크의 공덕(?)으로 인해 난 죄도 없이 아버지의 강도 높은 정신교육에 시달리는 불행을 겪어야만 했다.

어쨌든 그렇게 가출한 지 6년 만에 돌아온 작은형은 중앙군의 하사관이 되어 있었다.

번쩍이는 그놈의 견장을 봤을 때, 사돈이 땅을 사면 배 아픈 이유가 무엇 때문인지 깊이 이해할 수 있었다.

아무튼 그날 작은형은 아버지께 죽도록 얻어맞았다.

내 생애 가장 두려웠던 날인 동시에 내 속에서 나도 모르는 악마가 사는 것을 확인한 순간이었다.

'쌤통이다! 크크크.'

이후, 나는 절대 아버지의 눈 밖에 나는 행동은 절대 하지 않으리라 두 주먹을 불끈 쥐면서 굳게 맹세했다.

아무튼 큰형과 작은형은 이런저런 사연 끝에 결국은 자신의 인생을 살아간다.

나와는 비교할 수 없는 경험과 스펙을 갖고서 말이다.

사실 말이 나와서 말이지, 고생을 싫어하는 내 성격상 형제들의 성공 따위는 그리 부러움의 대상은 아니었다.

그리고 내 하나뿐인 누나는 최근에 영지의 기사와 혼담이 오가고 있다.

약간의 평지풍파가 있긴 했지만, 그건 어느 집이든 마찬가지다.

아무튼 내가 태어난 집안은 나름 안정적이고 오순도순한 평범한 시골의 중산층 가정이다.

난 내가 누리는 지금의 평화가 영원할 줄 알았다.

나의 이러한 생각은 영주의 호색한 개망나니 아들 때문에 지금 이 순간 몹시 흔들리고 있다.

데일 데 페논.

큰형과 동갑이자 왕립 아카데미 기사학부 동창이기도 한 형편없는 둔재다.

듣기론 큰형이 이놈 때문에 아카데미 생활이 많이 고달팠다고 한다.

아무튼 갈아 먹어도 시원찮을 이 망할 개자식 때문에 나와 내 가족의 평화와 생존이 뿌리부터 위협받게 됐다.

놈이 이웃 영지의 영주인 헝프 드 카논 자작의 둘째 딸을 겁도 없이 겁탈한 사건이 원인이었다.

'개자식!'

카논 자작 영지는 우리 영지를 모든 면에서 압도한다.

당연히 군사력도 훨씬 위에 있었다.

더더욱 무서운 사실은 우리 영지에 없는 소드익스퍼트, 검 끝으로 오러를 뽑아내는 경지의 기사가 무려 둘씩이나 있다는 것이다.

영지의 수석 기사로 일하시는 내 아버지는 소드익스퍼트의 전 단계인 소드유저로 검신에 마나를 겨우 입히는 경지다.

듣기론 소드익스퍼트 한 명이 소드유저 열 명쯤은 가볍게 무찌를 수 있다고 하니 말 다 한 거 아닌가.

참고로 내 아버지는 상급 소드유저다.

나는 전에 병사 스무 명을 꺼꾸러뜨리는 아버지를 연무장에서 본 적이 있었다.

그런 나의 아버지 열 명을 무찌르는 인간이라니, 상상조차 가지 않는다.

어쨌든 소드익스퍼트 두 명을 보유한 카논 자작 영지와 우리 영지의 전쟁이 시작됐다.

우리 영지의 모든 기사와 병사들이 출병했다.

일곱 명의 기사와 열두 명의 수습 기사를 비롯해 영지의 전 병력 오백 명이.

저 긴 행렬에 나의 아버지와 큰형이 당당히 앞장서고 있다.

나는 떨고 있는 어머니와 누나의 손을 꼭 잡곤 아버지와 큰형의 무사 귀환을 간절히 빌며 배웅했다.

하루… 이틀… 오 일!

목을 빼고 승전보를 기다리던 내 귀에 참담한 패전 소식이 들려왔다.

이미 예상했던 일이다.

미리 달아났어야 했는데…….

깃털처럼 가벼운 내 기대감이 뼈저리게 원망스럽다.

아버지와 큰형의 전사 소식과 내 매형이 될 사람의 전사 소식.

어찌해야 할지 순간 갈피를 잡을 수가 없었다.

손발이 떨리고 머리는 백지장이 됐다.

집안의 남자는 이제 나만 남게 됐다.

이럴 때 둘째 형이 있었다면 의지가 됐을 텐데.

그러나 이대로 넋 놓고 가만히 있을 수는 없었다.

영지전에 패배한 영지민은 노예처럼 비참한 삶을 살게 된다고 들었다.

노예란 어떤 존재인가? 사람처럼 생긴 가축을 노예라 부른다.

삶 자체가 끔찍한 지옥이다.

내게 남은 선택은 도주밖에 없었다.

일단은 둘째 형이 근무하는 지역으로 갈 생각이었다.

그래도 혈육이라고 먼저 떠오른다.

비탄에 빠진 어머니와 누나를 데리고 나온 거리는 피난을 가고자 하는 사람들로 인해 북새통을 이루었다.

'개 같은 데일. 벼락 맞아 뒈질 데일!'

불안과 공포는 비단 나만의 것이 아니었다.

난 피난민 무리에 휩쓸렸다.

사람들의 얼굴마다 긴장감과 두려움이 만연했다.

불안한 감정은 전염되나 보다.

그래도 나는 사내였기에, 내 연약한 모습을 어머니와 누나에게 보일 수 없었다.

뒤처지는 어머니를 일으키고 재촉했다.

내게 힘이 있었다면 어머니를 업고 내달렸을 것이다.

기사의 아들이지만 나의 체력은 평범했다.

아니, 어머니를 쏙 빼닮아서 많이 허약했다.

둘째 형이 입버릇처럼 말하는 약골이 슬프게도 나란 인간이다.

"헉헉."

달리고 또 달렸다.

상실감에 빠져 우는 두 여자를 데리고 달아나는 일은 내겐 너무 벅차고 힘든 일이었다.

뒤쪽에서 비명 소리가 점점 크게 들렸다.

몸이 떨린다.

어머니와 누나를 지켜야 한다. 지켜야 한다! 하지만 현실은 눈물 나게 막막할 뿐이다.

겁에 질린 이 몸뚱이처럼.

"크아아아악!"

"아아악!"

복수심에 눈이 뒤집힌 카논 영지군은 난폭하고 잔인했다.

그들은 보이는 족족 사람들을 죽였다.

그나마 젊은 여자는 죽이지 않았다.

내 나이 열아홉. 여자에게 죽음보다 더 수치스러운 일이 뭔지 알고 있다.

어머니와 누나에게 절대 일어나서는 안 될 일인 것이다.

'데일, 그 개자식 때문에, 그 자식 때문에 모두가 고통받는 거야. 그 개새끼 때문에!'

영지민들을 한순간에 나락으로 떨어뜨린 데일을 속으로 욕하며 난 어머니와 누나를 수풀 속으로 황급히 떠밀었다.

나를 바라보는 어머니의 당혹한 눈빛과 두려움이 날 슬프게 한다.

하얗게 질린 누나의 숨죽인 다급한 손짓이 나의 가슴을 난도질한다.

두두두두두.

나를 향해 창을 겨눈 기병이 빠른 속도로 달려오고 있었다.

난 어머니와 누나가 숨은 수풀의 반대쪽으로 젖 먹던 힘까지 짜내어 내달렸다.

'따라와라! 따라와라! 나만 따라와라! 제발!'

저 앞에 숲이 보였다.

둘째 형과 자주 가서 놀던 숲이다.

저곳에는 이리저리 낮게 뻗은 나뭇가지가 펼쳐져 있었다.

말을 타곤 절대 달릴 수 없는 곳이다.

지금의 내게 저 숲은 기병으로부터 달아날 수 있는 유일한 희망이었다.

두두두두.

내 심장을 터뜨릴 것 같은 위협적인 말발굽 소리가 바로 지척에서 들려온다.

단단하고 차가운 기병의 창이 내 몸을 곧 꿰뚫을 것만 같아 오줌이 찔끔거릴 만큼 두려웠다.

'무서워! 씨발! 진짜 무섭다고! 제발, 꺼져! 제에에에발!'

서걱.

기병이 내지른 창끝이 내 어깨 살을 한 움큼 베어 물었다.

온몸이 쩌릿해지고 머릿속이 텅텅 비어버린 느낌이다.

내 몸뚱이는 내 의지와 상관없이 붕 날더니 지면에 꼬라박혔다.

울퉁불퉁한 바닥에 내 상처는 대패로 민 듯이 커졌다.

벌겋게 달군 쇠꼬챙이로 몸을 긁어대면 모르긴 몰라도 아마 이런 고통이지 않을까 싶다.

고통스럽다. 너무 아프다. 그래서 눈물이 멈추지 않는다.

일어나서 달리고 싶었지만 도저히 몸을 일으킬 수가 없었다.

숲만 바라본 채 난 지렁이처럼 꿈틀거렸다.

버러지처럼 비참한 내 모습에 욕지기가 치밀었다.

'살고 싶어!'

조금이라도 더 가까이 저 숲에 가야 한다는 일념만이 나를 지배하고 채찍질했다.

살고 싶다.

미치도록 살고 싶다.

지루하지만 반복적인 일상이 지금 이 순간 절박하게 그립고 그리웠다.

"딕스! 달아나!"

"달아나, 딕스!"

지독한 고통과 끔찍한 두려움으로 먹먹해진 내 육신을 강타하는 익숙한 두 여인의 음성에 반사적으로 고개를 틀었다.

내 얼굴을 노리고 창을 번쩍 든 기병의 흉악한 얼굴이 보였다.

그러나 그보다 더욱 나를 겁에 질리게 만든 것은 숨어 있어야 할 어머니와 누나가 괴성을 질러대며 내 쪽으로 달려오는 장면이었다.

'빌어먹을… 왜 와, 왜 오는 건데. 왜!'

잠시 잠깐 기병이 내게서 고개를 돌렸다.

놈의 입술이 비틀리며 누런 치아가 드러났다.

이 순간 놈의 생각과 마음이 훤히 보였다.

불안하다. 미치도록!

슈우우우웅.

기병은 나를 먼저 처리하기로 결심한 듯 그 창끝을 내게로 겨누었다.

피할 수 없다.

하지만 이대로 죽을 수는 없었다.

최소한 달려오는 어머니와 누나에게 시간을 벌어줘야 한다.

그녀들이 달아날 수 있는 시간을! 초라하고 볼품없는 내 생명을 바치더라도 이 순간 반드시 벌어야 한다.

난 어금니를 갈아붙이며 바닥을 굴렀다.

덕분에 기병의 창을 간신히 피할 수 있었다.

그러나 안도할 수는 없었다.

상대는 기병이며, 단련된 고급 병사다.

난 손에 흙을 한 움큼 쥐었다.

다른 사람들이 죽든 말든, 내 이웃이었던 자가 죽든 말든, 내 친구라는 녀석들이 죽든 말든 상관없다.

'참, 난 친구가 없지.'

내 가족만 산다면 난 즐겁게 웃을 수 있는 녀석이다.

내 가족을 위해서라면 난 얼마든지 이기적이고 저열한 악당이 되는 걸 마다하지 않을 것이다.

하긴, 내 어머니 말고 나를 착하다고 한 사람은 없었다.

"개자식아 어딜 보는 거야! 나를 봐라, 나를!"

난 흙을 기병에게 던졌다.

내가 바라는 부위는 놈의 얼굴이다.

그중에서도 눈이었다.

공포심에 온몸이 굳어버려야 정상인데 이 순간 내 몸뚱이는 내가 생각하기에도 놀랄 만큼 민첩하게 움직였다.

난 겁도 없이 기병의 말을 덮쳤다.

그러곤 미친개처럼 힘껏 입을 벌려서는 말 목을 물어뜯었다.

이 순간 내가 강인한 턱을 가진 개였으면 싶었다.

말이 놀라 앞발을 치켜들었다.

그 순간 가슴을 얻어맞았다.

숨이 턱 막힌다.

죽을 만큼 아프다.

이보다 더한 고통이 나를 기다린다면 난 자살해 버릴 것이다.

쿠당탕.

말에서 떨어진 기병이 어이없다는 표정으로 나를 쳐다보았다.

놈의 눈에 살기가 맺혀 번들거렸다.

온몸의 털이 곤두서는 아찔한 그 느낌에 나의 초라한 몸뚱이는 얼어붙고 말았다.

하지만 무섭다고 해서 이대로 있을 수만은 없었다.

난 놈을 향해 재차 몸을 날렸다.

어머니와 누나를 지켜야 한다.

이것 이외에는 아무것도 생각하지 않기로 했다.

상대의 완력과 체구는 나보다 강하고 크다.

놈이 입고 있는 갑옷은 끔찍할 정도로 단단하다.

퍼어억!

놈의 주먹이 내 안면을 강타했다.

콰직!

콧대가 주저앉았다.

나의 자랑거리가 무너졌다.

앞니가 깨지고 내 몸은 구겨진 종이가 바람에 날려가듯 데구루루 굴렀다.

어느새 다가온 어머니와 누나가 기병을 껴안고 소리쳤다.

아니, 울부짖었다.

"달아나! 달아나! 딕스!"

피범벅이 된 얼굴로 난 어머니와 누나를 보았다.

문학소녀처럼 감수성이 풍부하시고 잘 웃으시며 교양미가 넘치던 어머니는 처참하게 일그러진 얼굴로 나를 향해 소리쳤고, 가끔씩 짓궂은 장난으로 나를 당혹하게 만들던 새침데기 누나는 머리채를 잡혀 이리저리 휘둘리고 있었다.

"이 개자식아!"

내 눈에 기병이 흘린 단검이 보였다.

난 일말의 망설임도 없이 단검을 쥐고 몸을 날렸다.

"죽어라!"

푸욱!

체중을 실은 단검이 기병의 어깨에 박혔다.

피 묻은 내 손이 자루를 타고 앞으로 쭉 미끄러졌다.

단검의 예리한 날에 굳은살 하나 없는 내 손이 쫙 베였다.

두 눈을 부릅뜬 기병이 내 멱살을 틀어잡았다.

살기로 번들거리는 놈의 두 눈은 마치 분노한 맹수를 코앞에서 보는 듯했다.

놈은 내 멱살을 잡은 자세에서 어머니와 누나를 짐승을 다루듯이 발로 걷어찼다.

비명을 지르면서 나자빠지는 어머니와 누나를 보았다.

미칠 것 같았다.

돌아버릴 것 같았다.

하지만 나에겐 저들을 지킬 힘이 없었다.

짙은 농도의 슬픔을 이제야 배운다.

약자의 비애와 뼈저린 분노를 이제야 알게 되었다.

퍼억!

기병은 주먹에 힘을 실어 나의 안면을 찍었다.

한 번, 두 번, 세 번……. 도대체 얼마를 맞은 걸까? 머리가 멍해지고 시야가 흐릿해졌다.

그럼에도 난 놈의 팔을 끈질기게 붙잡았다.

"가… 가……. 제바아알……."

내가 할 수 있는 유일한 행동이었다.

"딕스!"

"딕스!"

어머니와 누나의 목소리가 너무 작다.

속삭이는 걸까? 그렇지 않고서야 이리 작을 수는 없다.

"크악!"

내 멱살을 틀어쥔 채 무쇠 같은 주먹을 날리던 기병의 머리 반쪽이 함몰됐다.

내겐 강철 인간이었던 놈이 그렇게 허망하게 옆으로 쓰러졌다.

내 눈에 들어찬 핏물로 인해 온 세상이 붉게 보였다.

나를 향해 다가오는 어머니와 누나도 불길함에 몸서리쳐

질 정도로 붉게 보였다.

이것이 그녀들의 미래가 아닌, 오직 나만의 미래이기를 나는 간절한 마음으로 빌었다.

두두두두두.

이 붉은 세상 저편에서 새하얀 이빨을 내세운 잔인한 짐승들이 달려오고 있었다.

푸슉!

"컥! 딕스……."

"아악!"

어머니와 누나의 가슴으로 뾰족한 붉은 창날이 튀어나왔다.

그녀들의 피로 물든 창날이다.

소중한 내 가족의 피다.

"으아아아아아아아아아!"

힘이 필요해!

힘이 필요해!

내 가족을 죽인 저놈들을 찢어 죽일 힘이 필요해!

어머니와 누나의 몸에서 빠져 나온 피가 웅덩이를 이뤘고 내 몸에서 쏟아진 피가 그 웅덩이의 몸집을 부풀렸다.

"크윽!"

매정하고 사나운 창끝이 내 복부를 파고들어 척추를 끊어버렸다.

다리에 힘이 빠졌다.

내 무릎이 바닥을 사정없이 때렸다.

아파야 정상이지만 아프지가 않았다.

아픈 데가 너무 많아서 느끼지 못하는 걸까? 앞으로 쓰러지는 내 눈에 피 웅덩이가 보인다.

따뜻하고 포근한 어머니의 품이 아닌 어머니와 누나의 피가 고인 웅덩이다.

그 웅덩이에 눈 하나가 나를 가만히 바라보고 있었다.

영주님의 서재에 서류를 가져다 드리고 나오다 우연히 스물네 개의 문장을 보았었다.

그 문장이 죽어가는 나의 뇌리에서 빠르게 움직이다가 마지막 문장에서 멈추었다.

그 문장의 마지막! 그 이름은······.

'오메가'

화끈!

한계를 넘어선 연이은 충격과 고통으로 인해 내 감각은 일찌감치 그 기능을 상실해 버렸다.

한데 마지막 순간 유독 이마에서만 감각이 되살아났다.

'엄마, 누나······. 지켜주지 못해서 미안해. 정말, 정말 미안해.'

나는 열아홉 살 자신의 짧은 며칠을 보았다.

땀에 절어 깨어난 나는 이것이 꿈인 것을 알고 기뻐했다.

하지만 선명한 아픔이 심장에서 떠나지 않았다.

꿈이라고 하기엔 너무나 절절한 기분과 슬픔이 왠지 미래의 나와 그리고 내 가족의 모습 같았다.

"씨발! 기분 더럽네."

제1장

운명을 바꾼 악몽

'오메가… 오메가… 오메가…….'

딕스는 요 며칠 대부분의 시간을 생각에 빠져 지내고 있었다.

소름 끼치도록 무섭고 처절한 악몽!

그 탓에 소년은 엄마와 누나를 볼 때면 생뚱맞게 눈물부터 줄줄 흘렸다.

이런 딕스의 행동에 모녀는 크게 걱정했다.

그가 제정신으로 보이지 않았던 것이다.

3남 1녀 중 막내인 딕스는 어머니 메들린을 닮아 체력도 약하고 뼈대도 가늘었다.

이에 비해 집안의 장남 테일, 차남 마크, 장녀 미리아는 딕스의 아버지 로버트를 닮아 힘도 세고 키도 컸다.

확연한 비교 대상이 있다 보니 마을 아이들은 작고 왜소한 딕스를 다리에서 주워 온 아이라고 놀려대곤 했다.

심약한 딕스는 그때마다 펑펑 울며 아이들의 이름을 꼼꼼히 기억한 뒤 형과 누나에게 고자질했다.

그때마다 마을 아이들은 딕스의 형들과 누나에게 불려 나가 엄청 두들겨 맞았는데 그런 날이면 얻어맞은 아이들의 부모가 집으로 찾아와서는 한바탕 난리를 피우곤 했다.

하지만 이런 형과 누나의 도움의 손길도 딕스가 열 살이 되면서 사라졌다.

사내자식이 너무 무르고 심약해진다는 이유 때문이었다.

그때부터 딕스는 살아남기 위해 악바리가 될 수밖에 없었다.

힘에서 밀리면 깡으로, 깡도 안 통하면 계략으로 반드시 복수하곤 했다.

이렇게 2년을 버티다 보니 딕스를 괴롭히는 마을 아이는 없어졌다.

문제는 딕스에게 호되게 당한 아이들이 두 번 다시 그를 상종하지 않았다는 점이다.

그래서 열두 살의 딕스는 친구 하나 없는 외톨이가 됐다.

우르르.

아이들이 딕스를 지나쳐 마을 공터로 놀러 가고 있었다.

딕스는 그런 아이들을 쳐다볼 뿐 평소처럼 끼워달란 얘기를 빈말이라도 하지 않았다.

끼워달란다고 끼워줄 녀석들도 아니지만 일단은 넉살 좋게 늘 찔러보던 딕스였다.

그러다 안 되면 아이들을 괴롭히는 계략을 짜서 놀이를 훼방 놓았다.

하지만 오늘의 딕스는 평소와 달리 무심하게 아이들을 그냥 보내 버렸다.

아니, 신경조차 쓰지 않았다.

'자꾸만 불안하네.'

딕스는 혼잣말을 하며 무작정 걸었다.

너무 일찍 들어가면 어머니의 걱정을 듣는다.

자신이 마을 아이들의 따돌림을 받는다는 사실을 어머니에게 들키고 싶지 않았다.

이건 소년의 자존심이었다.

그렇게 무작정 걷던 딕스는 어느새 영주관 담장에 이르렀다.

딕스는 담장에 손을 대곤 털레털레 걸었다.

얼마쯤 그렇게 걷자 정문 앞에 도착했다.

정문 경비병들이 딕스를 알아보곤 빙그레 웃었다.

"딕스구나, 어머니 심부름 온 게냐?"

"아뇨."

"그래? 그런데 무슨 일이냐?"

"이유가 있어야 오나요?"

딕스의 삐딱한 대답에 경비병은 어처구니없다는 표정을 지었다.

아이의 태도는 다른 날과 너무 달랐다.

엊그제 퇴근길에 길에서 혼자 노는 그를 미처 못 보고 지나쳐 갔을 때, 먼저 쪼르르 달려와서 인사할 정도로 평소에 예의가 발랐다.

그 모습을 기억하고 있었기에 더 어처구니가 없었다.

"친구들과 싸우기라도 했니? 화해하고 잘 지내. 친구만 한 게 없단다. 그만 가봐라."

딕스는 곧장 발길을 돌리지 않고 그 자리에서 머뭇거렸다.

그의 눈길은 영주관 본채를 뚫어져라 향하고 있었다.

꿈에서 본 자신은 행정관서의 수습 주사보였다.

그 기억이 맞다면 오른쪽 창 세 번째가 토르네 남작의 서재였다.

하지만 본채의 출입은 기사의 아들인 딕스 역시 함부로 할 수 없었다.

"한스·아저씨."

"오냐."

"저기 저쪽, 저 창이 영주님 서재 창이 맞죠?"

까치발을 한 딕스가 하나의 창을 가리켰다.

한스는 무심코 딕스의 손끝을 보더니 머리를 끄덕이다 곧 의아한 표정을 지었다.

"네가 어떻게 아냐?"

혹시나 싶어 물어본 딕스의 표정이 창백하게 질렸다.

유령이라도 보고 있는 듯한 표정이었다.

"저, 정말요?"

"왜 그러냐? 마치 유령이라도 본 것처럼 떨고 있구나?"

딕스는 마른침을 연방 삼켰다.

악몽이라고 생각했던 게 진짜일지도 모른다는 생각이 들었다.

두려움에 온몸이 사시나무처럼 떨려왔다.

지금은 대륙력 4243년 4월 21일이다.

악몽에서 본 날짜는 대륙력 4250년 10월 9일.

그때로부터 5일 후에 아버지와 큰형이 전사하고, 얼마 뒤 어머니와 누나, 그리고 자신이 죽었다.

머릿속에서 내내 떠나지 않던 그 끔찍한 일들이 7년 후에 현실이 된다면? 이 때문에 얼마나 무서웠던가. 그래서 오늘 큰맘 먹고 자신의 꿈이 단순한 악몽이란 것을 확인하려고 단단히 작정하지 않았던가.

한데 자신이 단 한 번도 들어가 보지 못한 영주관 본채의 서재를 알아맞혔다.

덜덜덜.

딕스의 다리는 몹시 떨리고 있었다.

그의 등줄기엔 어느새 식은땀이 흥건하다.

소년의 태도가 요상해지자 경비병 한스는 걱정스런 표정으로 다가왔다.

한스의 그림자가 얼굴을 덮자 딕스는 악몽에서 본 처참한 자신의 얼굴이 떠올랐다.

그래서 뒤도 돌아보지 않고 비명을 내지르며 내뺐다.

경비병 한스가 황당한 표정을 했다.

"한스, 저 녀석 왜 저러지? 몬스터라도 본 얼굴이네. 허어."

"로버트 기사님께 말해야 하지 않을까 싶어."

"뭔 말? 고함지르고 도망간 거?"

"애가 오늘따라 너무 이상하잖아. 얼굴도 너무 창백하고 말이야."

"아이들 말 못 들었어? 저 녀석 속에 여우가 산다는 말. 보나마나 무슨 꿍꿍이가 있어 그런 거겠지."

"흠, 그런 건가?"

"신경 꺼. 그보다 근무 마치고 한잔 어때? 괜찮은 창녀 하나가 왔다던데. 흐흐흐."

"나도 그 생각하고 있었는데. 크크."

한스는 하얗게 질린 딕스의 얼굴을 까맣게 잊어버렸다.

헉헉헉.

딕스는 폐가 찢어질 듯이 뛰었다.

달음박질을 멈추면 악몽이 자신의 뒷덜미를 잡아챌 것만 같아서였다.

그래서 계속 뛰고 싶었지만 그에겐 더 이상 달릴 힘이 없었다.

털썩.

꽃향기 가득한 마을 외곽 언덕까지 단숨에 뛰어온 딕스는 나무에 등을 기댄 채 멍하니 영주관을 바라보았다.

'우, 우연일 거야. 그래, 우연이야.'

"하아."

단순한 악몽으로 치부할 수 없는 하나의 증거를 접하고 말았다.

'확인해야 돼. 하지만… 어떻게? 어떻게!'

딕스는 자신의 머리를 쥐어짜기 시작했다.

그때 그의 머리를 스치고 지나가는 것이 있었다.

자신은 꿈을 통해 미래의 자신을 보았지만, 꿈속에서의 자신의 생각과 기억을 어렴풋이 갖고 있었다. 열아홉 살 딕스의 일생 중 기억에 남는 몇몇 사건!

'오늘이 며칠이지?'

딕스는 벌떡 일어나 집으로 허겁지겁 내달렸다.

이것마저 딱 맞아떨어진다면 악몽은 단순한 꿈이 아닌, 미래에 벌어질 일을 보여준 예지몽으로 여겨야 한다.

* * *

마크는 잔뜩 일그러진 표정으로 부모님의 방문 손잡이를 돌리고 있었다.

그의 나이 열네 살. 욕심이 많은 마크에게 페논 남작 영지에서의 삶은 그의 마음을 충족시키지 못했다.

집안의 장남이라 해서 특혜를 받는 형이 몹시 부러웠다.

그래서 평소 엄격하여 말 붙이기가 쉽지 않은 아버지에게 대들며 자신도 아카데미에 보내줄 것을 요구했다.

한 명도 아닌 두 명을 아카데미에 보내는 일은 시골 남작 영지 기사의 봉급으론 어림도 없다. 현실을 인정하면서도 지금의 처지가 너무 분하고 억울해서 떼쓰고 매달렸었다.

그때 봤던 아버지의 힘없는 표정과 어머니의 눈물이 마크의 눈에 선했다.

검소하신 부모님이었다. 그분들의 검소함은 집안 곳곳에서 찾을 수 있다.

10년이 넘은 낡은 아버지의 외투와 신발, 어머니가 시집올 때 가져오신 오래된 물레와 매일같이 윤이 나게 닦는 낡은 가구를 볼 때마다 가슴이 아팠다.

어머니는 삐거덕거리는 낡은 물레를 밤마다 돌린다. 잠을 줄이시며 양털실을 뽑는 어머니는 한 달을 꼬박 일해 번 그 돈으로 생활비를 충당하셨다.

아버지의 봉급은 모두 큰형의 학비였기에 어머니의 수입이 없으면 목구멍이 포도청이다.

최근 누나 미리아가 영주관 하녀로 일하며 봉급을 매달 내놓았지만 어머니는 이 돈을 한 푼도 쓰지 않고 차곡차곡 모아놓으셨다.

이 돈은 누나의 혼수를 마련하기 위한 것이었다.

마크는 지금 그것을 노리고 있었다.

삐걱.

마크는 도둑고양이처럼 방 안으로 들어가 어머니가 시집올 때 가져오신 낡은 장롱을 뒤졌다. 거기엔 누나가 힘들게 번 돈이 가죽 주머니에 들어 있었다.

하지만 막상 이를 찾아낸 마크의 얼굴은 양심의 가책을 이기지 못해 잔뜩 일그러졌다.

'갚을 거야, 반드시 갚을 거야!'

자신의 개인 물품을 챙긴 배낭에 돈주머니를 밀어 넣은 마크는 눈물을 떨어뜨리며 집을 나섰다.

그때 멀리서 뛰어오는 동생 딕스와 마크는 정면에서 맞닥뜨렸다.

지은 죄가 있기에 마크는 평소와 달리 딕스의 눈을 회피했다.

마크를 바라보는 딕스의 작은 주먹이 떨리고 있었다.

딕스는 형의 태도를 보며 점차 불안감을 느꼈다.

온몸이 오그라들고 심장이 벌렁거렸다.

여기까지 뛰어오느라 턱밑까지 찬 숨이 기도를 막아버린 듯 숨조차 쉴 수 없을 지경이었다.

그럼에도 앓는 소리 한 번 내지 않은 채 딕스는 둘째 형 마크를 쳐다보았다.

아니, 노려보았다.

'아닐 거야. 그래, 아닐 거야!'

악몽을 부정하는 그의 눈길은 마크가 메고 있는 배낭에 고정되고 있었다.

저걸 보자 온몸에 힘이 쭉 빠진다. 머리가 어지럽다. 메스

꺼운 기운이 뱃속에서 금방이라도 튀어나올 것만 같았다.

대륙력 4243년 4월 21일.

딕스가 꿈에서 기억하는 마크의 가출일이었다.

제발, 아니기를… 아니기를!

"무, 무슨 일이야. 딕스."

"그 배낭… 뭐야."

딕스의 목소리는 낮게 가라앉아 있었다.

크게 화낼 때의 딕스는 오히려 목소리가 굉장히 차분해지 곤 했다.

마크가 어찌 동생의 이 버릇을 모르겠는가.

멈칫하던 마크는 반사적으로 배낭을 등 뒤로 감추었지만 이미 때는 늦었다.

"나 떠날 거다."

마크가 입술을 잘근 씹으며 말했다.

딕스는 형이 떠난다는 말보다 꿈속에서의 기억이 현실이 라는 데 더 큰 충격을 받고 있었다.

다리에 힘이 풀린 딕스는 바닥에 주저앉았다.

'안 돼! 꿈이어야 해. 꿈이라고 말해줘!'

한 번은 우연으로 치부할 수 있지만 두 번은 결코 우연으로 생각할 수 없다.

허리를 숙인 채 덜덜 떠는 동생의 모습에 마크는 크게 놀랐다.

마크의 손이 딕스의 어깨로 향했다.

딕스는 마크의 손을 힘껏 뿌리치며 형의 멱살을 잡았다.

평소의 딕스라면 절대 하지 않았을 과격한 행동이었다.

그리고 동생의 이런 행동을 용납할 마크도 아니다.

하지만 지금의 마크는 죄책감에 시달리고 있었기에 무력한 모습으로 이를 허용하고 있었다.

"왜, 왜 오늘인 거야! 왜! 오늘이냐고! 마아크!"

딕스는 피를 토하는 심정으로 소리쳤다.

마크는 동생의 격렬한 반응에 한참이 지난 후 말했다.

"딕스, 용서해라."

"내일도 있고 모레도 있잖아. 왜! 왜, 하필 오늘이야. 왜! 빌어먹을. 크흑흑흑흑."

딕스는 마크가 꿈을 이룰 것임을 알고 있었다.

형은 입버릇처럼 나라를 지키는 중앙군의 장교가 되겠다는 당찬 포부를 어릴 때부터 밝히지 않았던가.

그러나 소대장으로 임관하기 위해서는 왕립 아카데미 군사학부 7년 과정을 거쳐야 한다.

후일 마크는 하사관 양성소를 나와 중앙군 하사관이 된다.

마크 형의 꿈에 비해서는 초라한 출발이었지만 똑똑하고 당찬 형이라면 언젠가는 중앙군 장교라는 꿈을 이룰 수 있을 터였다.

"디, 딕스야."

마크는 충격을 받은 듯 엉엉 울어대는 딕스를 놀란 눈으로 바라보았다.

자존심이 강한 동생은 가족들 앞에서도 눈물을 흘리지 않았다. 열 살 이후로.

그런 동생이 눈앞에서 하얗게 질린 얼굴로 펑펑 울어대자 마크는 크게 혼란스러웠다.

"무, 무슨 일이야? 무슨 일인데 이러는 거야!"

흥분한 마크의 목소리는 딕스의 귀에 들리지 않았다.

그의 머릿속엔 지금 이 상황을 막으면 꿈에서 겪은 일들이 바뀌지 않을까라는 생각만 가득했다. 그러나 형을 막는다고 해서 과연 그 일이 달라질까? 확신이 서지 않았다.

오히려 작은형마저 죽을 수 있다.

가족의 몰살을 불러온 참사는 작은형이 만든 게 아니었다.

영주의 아들인 데일, 그 빌어먹을 자식이 원인을 제공했다.

그렇다고 그 일을 아버지에게 말할 수도 없었다.

영주를 향한 아버지의 충성심은 결코 변하지 않을 것이다.

자신이 그 일을 들먹인다면 아버지는 오히려 화낼 게 분명했다.

'어쩌라는 거야! 왜 내가 그런 꿈을 꾼 거야. 큰형이나 작

은형이면 좋잖아. 왜 내게……. 왜 내가 그 꿈을 꾼 거야!'

딕스의 동공이 풀리자 마크는 더욱 당황했다.

"딕스! 정신 차려! 무슨 일이야! 무슨 일인데 그러는 거야! 빨리 말해, 이 자식아!'

마크는 집안에 큰일이 터진 게 아닐까 싶었다.

그래서 딕스가 이처럼 서럽게 우는 것이라 여겼다.

딕스는 마음을 진정하기 위해 애썼다.

마크 형의 가출을 늦춘다고 해서 바뀔 일이 아니다.

눈물을 훔친 딕스가 벌떡 일어섰다.

"가."

딕스가 옆으로 비켜섰다.

이런 그의 표정은 굉장히 냉정했다.

자신이 마크를 붙잡으면 형도 죽을 수 있다.

그렇다면 그를 보내야 한다.

대책은 자신이 지금부터 세워도 될 것이다.

'내가 할 수 있을까? 아무것도 없는 내가 과연 할 수 있을까?'

걱정과 불안이 소년의 작은 몸을 매섭게 두드렸다.

딕스는 어금니를 꽉 깨물었다.

선택이 아닌 필수다.

흔들리면 안 된다.

자신을 위해, 가족을 위해서라도 반드시 길을 찾아야 한다.

지금 이 순간 딕스의 소년기는 시들은 꽃잎이 바람에 날리듯 그렇게 사라지고 있었다.

"딕스……."

"가버려, 내 일이야. 그래서 내 꿈에 나타난 걸 거야. 내가 해결하겠어. 내가 다 해결하겠어!"

이는 스스로에 대한 맹세였다.

마크는 동생의 말을 알아들을 수 없었다. 대체 이 무슨 소리란 말인가? 잠시 동생의 정신이 이상해진 게 아닐까라는 불안한 생각마저 머리를 스쳤다.

마크의 목소리엔 그래서 걱정이 가득했다.

"무슨 소리야! 딕스, 알아듣게 말해!"

툭.

마크의 배낭이 땅에 덜어져 마른 먼지를 피워 올렸다.

딕스는 흔들리는 마크의 표정을 직시했다.

자신이 꾼 악몽에 대해서 말하고 싶은 유혹을 잠시 잠깐 강렬하게 느꼈다.

그래서 자신의 부담감을 조금이나마 덜고 싶어졌다.

문제는 작은형이 떠나지 않더라도 미래는 변치 않을 것이라는 점이다.

그리고 작은형을 납득시킬 방법이 없다.

자신이 아는 것이라곤 꿈에서 본 상황과 열아홉 살의 딕스가 잊지 못했던 몇 가지 개인적인 사건이 전부였다.

내일, 모레, 글피에 무슨 일이 일어날지 아무것도 모른다.

이러니 누가 자신의 말을 믿어주겠는가!

'빌어먹을!'

딕스는 자신의 마음을 간신히 달래었다.

"가. 대신, 얼굴에 칼자국이 있는 남자를 조심해."

중앙군 하사관 군복을 입고 돌아온 형은 자신이 가출한 뒤 겪었던 일들을 영웅담처럼 말했었다.

형은 얼굴에 칼자국이 있던 사내에게 속아 돈을 모두 날린 뒤 2년이나 막노동판을 전전하며 간신히 하사관 양성소에 입소할 수 있었다고 했다.

그때의 일이 생각난 딕스가 조언했다. 이러한 조언이 자신이 본 미래를 형이 믿게 할 수 있는 방법이 될지도 모른다는 생각을 잠시 했지만 형이 그 일로 인해 자신을 믿더라도 미래의 변화를 기대할 수는 없을 것 같았다.

자신과 가족의 미래를 바꿀 강력한 무언가를 손에 넣지 않는 한.

막냇동생의 행동과 어투는 마크를 더욱더 혼란에 빠뜨렸다.

"뭐? 무슨 말이야?"

"그런 눈으로 보지 마. 나 제정신이거든. 그리고 내 말 명심해. 얼굴에 칼자국 있는 놈 조심해. 그 새끼 사기꾼이니까. 그리고 올라가자마자 하사관 양성소에 바로 들어가. 촌놈 티 내지 말고 알았어?"

"……?"

마크는 머릿속이 걷잡을 수 없을 만큼 어지러웠다. 대체 이 말을 어떻게 받아들여야 할지. 어떻게 자신이 하사관 양성소에 입학할 계획이란 것을 안단 말인가. 자신은 단 한 번도 이를 입 밖에 내지 않았는데.

딕스는 더 이상 할 말이 없다는 듯 냉정한 표정을 지으며 고개를 돌렸다.

이런 그의 눈에 마크의 배낭이 보였다.

순간 딕스의 머릿속에 하나의 물건이 스쳐 지나갔다.

딕스는 마크의 배낭에 달라붙었다.

마크는 멍하니 동생의 행동을 바라볼 뿐 말리지 않았다. 대체 이 아이의 행동을 어찌 받아들여야 할지 감조차 잡히지 않았기 때문이다.

딕스의 손엔 그가 열 살이 되던 생일날 큰형에게서 받았던 작은 손칼이 쥐어져 있었다.

'제기랄!'

이로써 세 개를 맞혔다.

그럼, 마크 형에게 조언한 그 일도 맞을 것이다.

딕스의 머리가 아래로 힘없이 뚝 떨어졌다.

머리가… 아니, 마음이 너무 무겁다.

*　　　*　　　*

마크가 가출한 일로 딕스의 집안은 웃음과 여유가 사라졌
다.

아이들의 아버지 로버트는 둘째 아들 마크를 찾겠다며 며
칠째 집에 돌아오지 않았고 그의 아내 메들린은 망연자실한
표정으로 유일신 아르온상 앞에 엎드려 아들의 무사 귀환을
눈물로 기도했다.

소식을 듣고 달려온 딕스의 누나 미리아 역시 걱정으로 안
절부절못했다.

마크의 가출은 딕스를 뺀 가족들에겐 큰 충격이었다.

마크가 떠난 지 한 달이 훌쩍 넘었다.

로버트는 평소처럼 영지의 기사로 일했고 메들린은 낮엔
집안 살림을 돌보고 생계를 위해 밤마다 물레를 돌렸다.

딕스의 누나 미리아는 영주관으로 돌아가 하녀의 일을 계
속했다.

그녀는 시간이 날 때마다 집으로 돌아와 집안에 활력을 불

어넣기 위해 애썼다.

그러나 그 누구보다 일상생활이 크게 변한 건 끔찍한 예지
몽을 꾼 딕스였다.

딕스는 하루도 빠짐없이 마을에서 20분 떨어진 강을 찾아
갔다.

악몽을 예지몽이라 확신한 그에게 미래를 바꿀 수 있는 길
은 자신이 죽으면서 보았던 물의 눈을 다시 보는 것뿐이었다.

세상엔 마법사라는 특별한 힘을 사용하는 자들이 있다.

이들은 땅, 물, 불, 바람의 골렘을 소환하는 자들이다.

마법사가 되기 위해선 선천적으로 그 재능을 타고나야 한
다.

세상은 마법사가 될 소질을 가진 이들을 재능자로 불렀다.

바람의 재능자는 바람의 눈을 보아야 하고 땅의 재능자는
땅의 눈을, 불의 재능자는 불의 눈을 보아야 한다.

사람들은 이를 각인 출발 단계라 부른다.

딕스는 자신이 죽기 전 피 웅덩이에서 본 눈을 생생하게 기
억하고 있었다.

그것은 물의 눈.

피와 물이 같은 것인지 처음엔 혼동이 왔지만 엄밀히 따지
면 둘 다 액체였다.

어쨌든 딕스는 자신과 가족이 살 길은 마법사가 되는 길밖

에 없다고 굳게 믿었다.

그리고 선명하게 떠올랐었던 마력 문장.

오메가!

꿈에서 본 게 확실하다면 자신은 물의 마법사가 될 재능을 가지고 있으며 자신의 기본형 마력 문장은 오메가에서 출발한다.

마법사의 존재 유무는 왕국이나 영지의 전력을 논할 때 우선시하는 힘의 척도다.

이들은 그 희귀성만큼이나 어마어마한 대우를 받는다. 한 국가의 운명을 바꿀 만한 힘이 되기 때문이다.

'오늘도 못 보는 걸까?'

마크의 가출로 인해 혼란을 겪는 가족들과 달리 딕스는 하루도 빼놓지 않고 노력하고 있었다.

강 수면을 바라보는 딕스의 눈빛은 조급함을 견디다 못해 암울하게 변했다.

딕스의 어깨가 점점 아래로 처졌다.

저 멀리 태양이 붉은 옷을 갈아입고 있었다.

하늘과 땅이 온통 붉은색으로 물든 장면은 장관이다.

그러나 이를 보고 감동하고 있기엔 딕스의 마음은 척박하고 메말라 있었다.

하루하루가 그에겐 지독한 고통과 고뇌의 연속이었다.

자신이 재능자임은 분명 인식하고 있지만 이를 증명할 방법이 없었다.

자신의 마력 문장도 알고 자신의 재능이 물의 속성을 가졌음도 알고 있다.

이처럼 가장 중요한 초석이 되는 것들은 알고 있었지만 정작 물의 눈을 아직 보지 못했다.

설마 끔찍한 그때가 되어서야 물의 눈을 볼 수 있는 게 아닐까? 그렇다면 자신의 예지몽은 끔찍한 저주다.

그렇게 힘없이 일어난 딕스는 몸을 돌렸다.

그때, 그의 뇌리로 하나의 생각이 불현듯 떠올랐다.

"피!"

딕스는 강물로 뛰어들었다.

소년은 꿈속에서 작은형이 가져갔던 자신의 보물 제1호, 꿈과 달리 지금은 회수한 손칼을 빼 들었다.

두려움이 들어 잠시 망설이던 딕스는 어금니를 꽉 깨문 뒤 손칼로 손바닥을 그었다.

살이 갈라지는 느낌이 섬뜩했다.

통증은 이루 말할 수 없이 컸다.

맨정신으로 하는 자해란 쉽지 않은 행동인 것이다.

주르륵.

강물이 그의 피를 흡수했다.

딕스는 붉게 변한 수면을 뚫어져라 응시했다.

눈알이 튀어나올 정도로 집중하며 보았다.

하류를 향해 흐르던 자연스러운 물결이 거짓말처럼 멈추었다.

그의 시선이 향한 곳에서 수면이 반원을 그리며 형상화되기 시작했다.

그것은 꿈속, 바로 그 피 웅덩이에서 보았던 물의 눈이었다.

머릿속에 하나의 문장이 떠올랐다.

마력 문장 오메가(Ω)!

화끈.

미간이 지져지는 날선 고통이 순간 그를 찾아왔다.

이마뼈를 꿰뚫고 들어간 고통이 뇌를 한바탕 휘저은 다음 온몸으로 질주하는 것 같다.

'됐다, 됐어!'

몹시 고통스러웠지만 딕스는 웃었다.

너무 아파서 눈물이 찔끔 났지만 이 정도의 고통쯤은 충분히 웃으며 넘길 수 있는 것이었다.

첨벙.

환하게 웃는 얼굴로 딕스는 그 자리에서 기절했다.

'나는 미래를 바꿀 것이다!'

온몸이 흠뻑 젖은 채 밤늦게 귀가한 딕스를 붙잡고 메들린
이 심한 동요를 보였다.

마크의 가출은 그녀에게 커다란 충격이었다.

겉으론 잘 이겨낸 듯 보였지만 실상은 그렇지 않았다.

덕분에 딕스는 태어나 처음으로 어머니의 매운 손맛을 봤
다.

얻어맞은 뺨이 얼얼했다.

하지만 이보다 더 얼얼하고 아픈 것은 어머니의 눈물이었
다.

어떠한 풍파에도 흔들릴 것 같지 않던 굳센 어머니였다.

그런 어머니가 심하게 흔들리며 눈앞에서 울고 있었다.

자신을 살리기 위해 처절하게 소리치던 꿈속의 어머니가
흘리던 눈물과 지금의 이 눈물이 겹쳐졌다.

가슴이 쇠망치로 맞은 듯 아프고 몹시 시렸다.

"어, 엄마……."

"어디 갔다 온 거야! 대체 무슨 짓이야! 너마저 이 어미의
속을 헤집어놓아야겠니? 마크로 부족해서 너까지 꼭 그래야
해? 흑흑."

주저앉아 우는 어머니의 떨리는 어깨를 바라보는 딕스의 눈동자는 고통으로 일그러졌다.

딕스가 늦게까지 돌아오지 않자 일찍 퇴근했던 로버트는 막내아들을 찾기 위해 주변을 수색하다가 날이 너무 어두워지자 일단 포기하고 집으로 돌아왔다.

그런 그의 눈에 딕스가 보였다.

반가움이 큰 만큼 노화도 그 못지않게 컸다.

그래서 아들의 어깨를 움켜쥐고 돌려세운 로버트의 표정은 잔뜩 일그러진 상태였다.

그러나 그의 눈길은 헝클어져 옆으로 밀려나 있는 딕스의 머리카락 사이 미간에 고정되어 크게 흔들렸다.

'마, 마력 문장!'

로버트는 마력 문장에 대해서 알고 있었다.

오래전부터 마법사로 발전할 자질을 가진 재능자를 발견하는 일은 매우 중요한 것으로 인식되어 왔다.

그래서 각국은 기본형 마력 문장 스물네 개를 지방 행정관청과 영지마다 비치하여 백성들이 이를 알도록 권장해 왔다.

발견된 재능자는 무조건 왕실에 보고하게 되어 있었다.

재능자는 두 가지 길을 선택할 수 있는데 첫째는 왕실에 들어가는 것이고 둘째로 영주의 밑으로 들어가는 길이 있었다.

영주들은 자신의 영지에서 발견된 재능자를 수중에 넣으

려고 안간힘을 쓰곤 하지만 보물을 지킬 힘이 없는 영주들은 왕실, 혹은 자신이 지지하는 대영주에게 재능자를 보내기도 했다.

살아 있는 보물.

이것이 바로 마법사가 될지도 모를 재능자의 위상이었다.

머리끝까지 화가 치밀었던 로버트는 언제 그랬냐는 듯 순식간에 그 노화가 가라앉았다.

딕스는 아버지의 화난 얼굴이 순식간에 풀려 버린 것을 볼 수 있었다.

그리고 아버지의 눈길이 자신의 미간에 고정되어 움직이지 않는 것도.

마력 문장에 대해 알고 있는 자들은 이를 보고 담담할 수는 없다.

이 문장을 가진 자의 가치가 실로 어마어마한 것이기 때문이다.

딕스는 자신의 삶이 앞으로 180도 변할 것이란 것을 아버지의 표정을 통해 새삼 자각했다.

'이제부터다!'

운명을 바꿀 것이다.

미래를 변화시키리라.

예지몽 이후 마음속에 늘 찬바람만 불던 딕스의 마음에 오랜만에 훈풍이 불고 있었다.

*   *   *

페논 남작 영지는 카페니스 제국의 황제로부터 공(公)의 칭호를 받은 공왕 알리힐 폰 뮬이 다스리는 나라에 속한다. 제국으로부터 공의 칭호를 받고 공왕이 되었기에 공국의 역사와 문물은 제국의 영향을 많이 받았다.

뮬 공국은 북쪽으로 싱그로아 왕국, 리안 부족 연합국, 동쪽으론 아리온스 왕국, 서쪽으론 헥센 왕국과 국경을 면하고 있으며 남쪽으론 카페니스 제국과 국경을 접하고 있다.

강대국들 사이에 낀 조그만 공국이 살아남기 위해서는 더 큰 강대국에 의지할 수밖에 없었고 공국이 선택할 수 있는 강대국은 역시 제국밖에 없었다.

그런데 오만한 제국의 황제와 귀족들은 뮬 공국을 자국의 영지쯤으로 생각하며 매년 막대한 공물을 요구했다.

대신 공국이 타국의 침입을 받으면 군사를 보내 도움을 주는 것은 잊지 않았다.

이 때문에 뮬 공국은 늘 제국의 눈치를 보곤 했다.

페논 남작 영지의 기사 로버트는 딕스의 일을 주군인 토르네 남작에게 보고하기 위해 그의 집무실을 찾았다.

로버트는 페논 남작 영지의 일곱 기사 중 하나로 영주에겐 꽤나 큰 신임을 받고 있었다.

"로버트, 이른 아침부터 무슨 일인가?"

토르네 남작은 제후로서는 큰 결점을 가지고 있는 사람이었다.

그는 중요한 일이 닥칠 때면 제대로 된 결단을 내리지 못하는 우유부단한 인물이었다.

또한 자신의 가족에 대해서는 유난히 너그러웠다.

영지의 문제아인 데일 소공자가 망나니가 된 것은 남작의 이러한 성품이 크게 작용했음이다.

"주군께 보고드릴 일이 있습니다."

로버트의 사람 됨됨이는 진중하고 책임감이 강하다.

그는 맡은 바 임무에 있어 작은 것도 결코 소홀히 여기는 법이 없었다.

토르네 남작은 이런 로버트를 크게 신임하여 내심 차기 영지의 수석 기사로 내정할 생각을 갖고 있었다.

"자네가 이른 아침부터 나를 찾은 것으로 보아 꽤나 큰일인 것 같군. 무슨 일인가? 충실한 나의 기사여."

로버트의 성격을 잘 알고 있는 토르네 남작은 그의 입에서 나올 말이 결코 가볍지 않을 것이라고 생각했다.

"재능자를 발견했습니다. 나의 주군이시여."

"다, 다시 한 번 말해보게? 재능자라고 했는가? 그게, 사실인가?"

토르네 남작의 반응에 로버트는 그를 충분히 이해했다.

자신도 밤새 잠을 설치며 몇 번이고 아들의 마력 문장을 확인하며 놀라움과 기쁨을 주체하지 못했었다.

"재능자를 발견했습니다. 주군."

로버트는 감정을 최대한 절제하며 보고했다.

하지만 그의 마음마저 이처럼 냉정한 것은 아니었다.

재능자가 다른 이도 아닌 바로 자신의 아들이 아닌가.

"하하하하. 누군가? 내 영지에서 나온 재능자가?"

흥분한 남작은 자리에서 벌떡 일어났다.

재능자는 만 명 중 하나 있을까 말까 하다.

또한 이렇게 등장한 재능자 중 열에 아홉은 평생 자신만의 마력 문장을 완성하지 못한 채 사라진다.

그러나 단 1%의 확률이라 할지라도 마법사가 될 수 있는 그들의 존재 유무는 결코 무시할 수 없음이었다.

"제 아들 딕스입니다. 주군."

"자네 아들이라고?"

"그렇습니다."

"오! 이런 경사가 있나. 다른 이도 아닌 로버트 자네의 아들이 재능자라니. 이는 유일신 아르온 님의 가호가 자네 가문에 내렸음이야. 축하하네, 로버트. 진정으로 축하하네. 하하하하."

"황송합니다. 주군."

"내 당장 이 사실을 공왕 전하께 상신해야겠어. 내 영지에 재능자가 출현하다니! 로버트 자네의 눈을 의심하는 것은 아니지만 일단 딕스를 만나봐야겠네. 참, 자네가 식별했다면 마력 문장을 본 것이겠지?"

로버트는 기쁨을 감추며 최대한 담담히 대답했다.

"몇 번을 확인했습니다."

"좋군, 좋아! 아주 좋아. 로버트 자네는 당장 딕스를 내게 데려오게."

토르네 남작이 기뻐하는 것은 이유가 있었다.

재능자의 발견.

그것도 가신의 아들이라면 훗날 영지의 든든한 조력자가 등장했음을 의미하는 것이다.

물론 그가 재능을 꽃피워 마법사가 된다는 전제가 붙어야 하지만 일단은 크게 축하할 일인 것은 분명했다.

"참! 자네 아들의 재능이 무엇인가?"

"물의 눈을 보았다고 합니다."

"그래! 내 자네의 아들을 빨리 보고 싶군. 어서 다녀오게."

"명을 받듭니다."

로버트는 즐거운 마음으로 집무실을 나왔다.

이런 그의 얼굴엔 커다란 미소가 떠나지 않았다.

'딕스, 그 아이의 장래를 더는 걱정하지 않아도 되겠구나.'

로버트는 이렇다 할 재능이 없던 딕스를 후일 행정관으로 만들 생각을 했었다.

그래서 행정관서의 사람들과 자리를 자주 마련하며 친분을 쌓았다.

그러나 아들의 재능자로서의 능력이 발견된 이상 행정관으로 키울 생각은 전혀 없었다.

아니, 자신이 행정관으로 키우고 싶더라도 자신의 주군과 나라에서 이를 허락하지 않을 터였다.

그렇기에 집으로 향하는 로버트의 발길은 깃털처럼 가벼웠다.

*　　　*　　　*

딕스는 미래를 바꿀 계기를 얻었다.

또한 가족을 보호할 수 있는 수단도 생겼다.

그리고 이로 인해 자신의 처우는 크게 달라질 터였다.

'영지에 남을까? 아니면 왕실로 갈까?'

꿈속에서 그는 영지의 수습 주사보로 3개월을 근무했다.

그 기간 동안 영주인 토르네 남작과 말을 섞은 것은 한 손으로 헤아릴 정도였다.

영주관으로 들어온 딕스는 영주의 집무실로 가고 있었다.

앞에서 그의 아버지가 안내했지만 그는 영주의 집무실이 어디에 있는지 정확하게 알고 있었다.

그렇다고 아버지를 제치고 앞장설 수는 없었다.

지금의 자신은 영주관에 처음으로 발을 디딘 열두 살 꼬맹이니까.

"딕스, 영주님을 만나면 몸가짐을 조심해야 한다."

귀족을 대하는 예법을 모르는 아들이 혹시라도 실수를 저지를까 봐 로버트는 그답지 않게 여러 차례 잔소리했다.

시간이 넉넉했다면 귀족을 대하는 예의범절을 미리 가르쳤을 테지만 영주와의 만남이 갑작스레 이루어졌기에 그럴 틈이 없었다.

로버트는 자신이 너무 가볍게 행동한 게 아닐까라는 생각이 문득 들었다.

그러나 아이가 실수를 하더라도 영주가 이를 문제 삼지 않을 것이라고 여겼다.

후일 마법사가 될지 모를 이와 척을 져봐야 남작에겐 하등 도움이 되지 않기 때문이다.

'이런 불경한 생각을 하다니! 로버트, 정신 차려라. 그분은

내 평생을 바쳐 모실 나의 주군이시다!'

새삼 마음을 다잡는 로버트의 귀로 딕스의 목소리가 파고들었다.

"예, 아버지."

로버트는 딕스의 얼굴을 쳐다보더니 고개를 돌렸다. 이런 그의 입가에는 흐릿한 미소가 머물러 있었다.

"충! 근무 중 이상 무."

"미켈, 자네가 오늘 당번인가?"

영주의 집무실 앞엔 수습 기사 미켈과 네 명의 병사가 지키고 있었다.

딕스는 아버지와 이야기를 나누는 미켈을 유심히 살폈다.

'누나와 미켈 형이 3년 후부터 사귀지 아마?'

영주관에서 하녀로 일하는 누나 미리아와 지금은 수습 기사인 미켈. 둘은 영주의 아들 데일로 인해 영지가 거덜 나는 다음 해에 결혼하기로 되어 있었다.

"그렇습니다. 한데 이 아이는?"

미켈의 갈색 눈이 딕스를 향했다.

딕스는 장래 매형이 될 미켈을 향해 싱긋 웃어 보였다.

미켈은 자신을 친근한 태도로 바라보는 딕스의 행동에 의문을 품었지만 딱히 기분 나쁘지는 않았다.

로버트가 딕스를 소개했다.

"내 아들 딕스일세. 영주님과 약속이 되어 있네. 안에 기별을 넣어주겠는가?"

"아! 그렇습니까?"

미켈이 딕스를 찬찬히 살펴보고 있었다.

충성스럽고 꼿꼿한 로버트의 아들이니 몸수색을 하는 것은 실례라고 생각했다.

또한 방문자는 아직 어린아이다. 그렇다고 자신이 맡은 바 본분을 무시할 수도 없었다.

고지식한 것이 미켈과 로버트의 닮은 점이었다.

로버트는 미켈의 이러한 점을 매우 높게 평가했다.

"절차상 몸수색을 하겠습니다."

"그렇게 하게."

로버트는 한 걸음 옆으로 물러났다.

딕스는 미켈이 자신의 몸수색을 하는 걸 가만히 지켜보았다.

이런 그의 머릿속엔 누나 미리아가 미켈을 흉보던 게 떠올랐다.

미켈의 고지식함은 아버지보다 더할 거야! 가끔은 그 성격이 너무 답답해.

이리 말하면서 오히려 수줍게 웃던 누나.

"손칼이구나."

딕스의 호주머니에 있던 손칼을 발견한 미켈이 로버트를 잠시 쳐다보았다.

영주가 인정한 사람 이외엔 누구도 흉기를 소지할 수 없다.

하지만 손칼이 흉기에 들어가기에는 애매하다.

더욱이 칼의 주인은 열두 살 소년이며 믿을 수 있는 자의 아들이다.

그렇다고 관례를 무시할 수도 없었다.

"딕스, 손칼을 미켈에게 맡겨라."

"예."

딕스는 손칼을 미켈에게 넘겨주었다.

이런 그의 눈은 여전히 그를 향해 웃고 있었다.

'저 아이는 왜 나를 보고 웃는 거지? 내 얼굴에 뭐가 묻었나?'

미켈은 기분이 약간 이상했다. 그렇다고 이 아이가 딱히 싫은 것은 아니었다.

미켈이 집무실로 들어갔다.

딕스는 눈에 익은 복도를 찬찬히 둘러보았다.

아들의 담담하고 의젓한 행동에 로버트는 내심 안심이 되는 한편 의아하기도 했다.

보통 사람들은 영주관에 들어오면 백이면 백 주눅이 들었다.

더욱이 지금은 영주를 만나야 할 상황이 목전이다.

그럼에도 어린 아들의 태도는 담담해 보였다.

로버트는 막내아들에게서 사내다운 듬직한 면을 본 듯하여 기분이 흡족해졌다.

영주의 허락을 받은 미켈이 나왔다.

"들어오시랍니다."

로버트는 상념을 털어버리곤 딕스와 함께 집무실로 들어갔다.

이들이 사라지자 미켈은 잠시 고개를 갸웃거렸다.

'영주님이 그리 기뻐하며 서두르시는 모습은 처음인데. 대체 무슨 일이지?'

미켈은 자신이 본 아이가 재능자임을 꿈에도 생각지 못하고 있었다.

*　　　*　　　*

"하하하. 어서 오게. 로버트, 자네가 말한 그 막내아들인가?"

사람 좋은 웃음을 흘리며 다가온 토르네 남작은 내심 큰 기대를 갖고 있었다.

그는 딕스의 얼굴을 뚫어져라 응시했다.

남작이 진정으로 보고 싶은 것은 딕스의 미간에 나타난 마력 문장이다.

문제는 딕스의 앞 머리칼이 미간을 덮고 있어 이를 확인할 수 없다는 데 있었다.

주군의 표정에서 이를 눈치챈 로버트가 아들에게 말했다.

"딕스, 앞 머리칼을 걷어보렴."

아버지의 말에 딕스는 앞 머리칼을 걷어 남작에게 미간을 보였다.

이 문장이 자신과 가족의 미래를 바꿀 운명의 열쇠가 되리라.

그의 미간엔 콩알만 한 문장이 있었다.

이들이 오기 전에 남작은 마력 문장 스물네 개를 여러 번 확인했다.

그중 스물네 번째인 '오메가'를 딕스의 미간에서 확인한 남작은 흡족하게 웃었다.

"정말이군. 정말이야! 로버트, 축하하네. 정말 축하해!"

영지의 기사인 로버트는 남작에게 중요한 가신이지만 그가 소드익스퍼트가 아닌 일반 기사인 이상 그의 가치는 언제든지 대체 가능했다.

하지만 딕스의 재능이 발견된 이상 이전과 달리 로버트를 함부로 여길 수가 없게 됐다.

로버트는 겸손한 태도로 남작에게 인사한 뒤 딕스의 표정을 살폈다.

무덤덤한 어린 아들의 모습에 로버트는 아버지로서 자신이 낙제점이란 생각이 들었다.

외형은 부족할지 모르나 내면은 그 어떤 아들보다 굳고 단단하다.

딕스에 대한 로버트의 생각이 다시금 변하는 순간이었다.

"주군의 치하에 몸 둘 바를 모르겠습니다."

"자식의 일은 곧 아버지의 자랑이지. 이런 아들을 둔 자네가 부러우이. 하하. 그래, 네가 딕스라고 했더냐?"

딕스의 마력 문장을 확인한 남작의 태도는 굉장히 살가웠다.

"네, 영주님."

"내가 널 부른 이유를 아느냐?"

남작은 어린아이답지 않게 의젓한 딕스가 무척이나 신기했다.

이런 남작의 눈엔 제멋대로 행동하는 자신의 아들 데일이 떠올랐다.

'녀석도 좀 철이 들었으면 좋겠구나. 하긴 아직은 젊으니 그게 정상인가?

수도 왕립 아카데미에 유학 중인 아들 데일을 생각하는 남작의 표정이 잠시 어두워졌다.

그는 아들과 함께 아카데미에 유학 중인 로버트의 장남이 떠올랐다.

자식 농사는 자신보다 수하인 로버트가 확실히 잘 지은 것 같았다.

질투가 났지만 그렇다고 이를 대놓고 표현할 수는 없었다.

"제가 재능자이기 때문이 아닌가요. 영주님."

딕스는 남작을 똑바로 직시하며 당차게 말했다.

곁에 있던 소년의 아버지는 순간 크게 당황했다.

남작은 이를 개의치 않고 오히려 호탕하게 웃었다.

"맞다, 맞아. 똑똑하구나. 딕스. 하하하."

딕스의 행동은 크게 잘못된 것이다.

자칫 큰 화를 당할 수 있다.

오만한 귀족은 용서받아도 오만한 평민은 절대 용서받을 수 없는 게 세상의 이치다.

평민과 귀족이란 날 때부터 그 가치가 다르다.

그러나 신분의 가치란 것도 하나의 재능 앞에서는 평정된다.

마법사가 될 수 있는 재능자!

남작은 저 어린아이가 자신의 가치를 제대로 이해하고 있을까, 라는 생각이 문득 들었다. 하지만 그런 생각을 하기에 이 아이는 너무 어려 보였다.

"딕스, 네 나이가 올해 몇인고?"

남작이 본 딕스는 많아 봐야 열 살쯤으로 보였다.

"열두 살입니다. 영주님."

딕스의 말에 남작은 깜짝 놀랐다.

그가 본 로버트의 아들들은 하나같이 키가 크고 체구도 당당했었다.

"흠, 넌 어머니를 닮았나 보구나."

미래의 딕스는 행정관서의 수습 주사보로 들어왔을 때 영주를 처음 만났다.

그 자리에서도 그가 지금과 비슷한 말을 했었다는 기억이 어렴풋이 났다.

하긴 소년의 아버지와 형들을 본 사람들은 딕스의 체형에 다들 한마디씩 하곤 했다.

일상적인 인사말처럼 말이다.

자주 이러한 말을 들었던 딕스는 형들과 비교되는 것을 극도로 싫어했다.

하지만 지금은 그 어떤 말을 들어도 그의 마음에 흔들림이 없어졌다.

눈앞에서 어머니와 누나가 자신을 구하기 위해 죽는 장면을 보고도 어리석은 감성을 가질 만한 인간은 아마 없지 않을까.

"예."

남작은 고개를 끄덕이며 그에게 여러 가지 질문을 했다.

소년은 담담한 태도를 유지한 채 남작이 흡족할 말들을 골라서 해주었다.

이런 그의 속내는 외양과 달리 냉정했다.

'당신 아들 때문에 내 가족이 몽땅 죽었어. 할 수만 있다면 아버지를 설득해서 이깟 영지 떠나고 싶어. 그런 나에게 뭐? 고향을 소중하게 생각하라고? 빌어먹을.'

내심으론 노화가 끓어올랐지만 겉으론 점잖고 예의 바른 소년처럼 행동했다.

싫든 좋든 자신이 폐논 영지를 사랑하는 모습을 모든 사람들에게 보여주어야 한다.

그래야 데일, 그 빌어먹을 자식이 사고를 치더라도 카논 자작이 한 번쯤 다시 생각할 테니 말이다.

그보다 더 좋은 방법은 데일을 아예 없애 버리거나 아랫도리를 못 쓰는 병신으로 만드는 것이다.

'할 수만 있다면 진짜 그러고 싶은데.'

딕스의 머릿속에서 데일을 없애 버리는 방법들이 떠오르

고 있었으나 이를 실천할 수는 없었다.

토르네 남작을 향한 아버지의 충성심이 크고 단단하기 때문이다.

아버지의 마음만 바꿀 수만 있다면 모두의 끔찍한 미래를 손쉽게 뒤집을 수 있다.

문제는 아버지의 성격이다.

그러니 본전도 못 찾을 말과 행동은 아예 하지 않는 게 낫다.

"전 고향을 사랑합니다. 영주님."

딕스는 마지막 말을 이렇게 끝맺은 다음에야 남작의 집무실을 나올 수 있었다.

*   *   *

딕스에 관한 소문이 퍼지자 그의 집으로 많은 선물과 함께 사람들이 찾아왔다.

짠돌이 토르네 남작은 오랫동안 동결했던 로버트의 월급을 대폭 인상해 주었다.

또한 영주관에서 하녀로 일하는 딕스의 누나 미리아에게는 좀 더 쉬운 일을 맡기고 월급도 올려주었다.

동토의 땅이던 딕스네 가정경제가 이렇게 숨통이 트였다.

집안의 안주인 메들린은 손님들이 하루에도 몇 번씩 방문하자 이들을 대접하느라 정신이 없었다. 몸은 피곤했지만 그녀의 얼굴에선 아들에 대한 뿌듯함으로 인해 웃음이 가시질 않았다.

하지만 그녀 혼자 있을 때면 멍하니 앉아 있는 경우가 잦았다.

딕스는 어머니의 이런 모습을 볼 때마다 둘째 형에 대해 말해주어야 한다는 생각을 했지만 형의 미래를 위해 지금은 침묵할 때라고 믿었다.

자식이 부모의 속을 아는 것은 역시 무리인가 보다.

딕스는 영주관을 향해 가고 있었다.

토르네 남작이 자신의 서고를 그에게 특별히 개방했기 때문이다.

딕스는 이를 거절하지 않았다. 마법사에 대한 지식이 일천한 그로서는 작은 정보라도 놓칠 수 없었다. 영주의 서고는 딕스에겐 정보의 바다와 같았다.

최근 토르네 남작은 왕실로 사람을 보냈다.

재능자를 자신이 소화할 수 없다는 결론을 내렸기 때문이다.

'왕실에 연줄을 대려는 거겠지.'

딕스는 남작이 자신을 뇌물로 바치려는 속셈을 알아봤
다.

하지만 이에 대해서 그는 나쁘게 여기지 않았다.

남작에게도 좋고 자신도 좋은 일이기 때문이었다.

또한 자신의 가치가 올라갈수록 아버지의 대우도 달라진
다. 당장은 이 정도의 소득만으로도 만족할 노릇이다.

"딕스."

막 모퉁이를 돌던 그를 한 소녀가 수줍은 음성으로 불러 세
웠다.

딕스는 자신을 부른 소녀를 보았다. 그의 표정이 눈에 띄게
확 구겨졌다.

이 소녀는 한때 딕스가 짝사랑했던 릴리였다.

그러나 지금은 그녀에 대한 마음이 완전히 돌아서 버렸다.

"추, 축하해. 딕스."

"무슨 일이지?"

딕스의 음성은 차갑고 시큰둥했다.

과거의 그는 릴리 앞에서 수줍고 어설픔이 많았던 맹목적
인 추종자였다.

그녀만 보면 괜히 심장이 두근거리고 얼굴이 붉어지곤 했
었다.

하지만 그녀가 잭슨 패거리와 짜고 자신을 궁지에 빠뜨린

이후부터 그는 릴리를 사람 취급도 하지 않았다.

은혜는 잊어도 원한은 잊지 않는 이가 바로 딕스다.

차가운 딕스의 태도에 릴리는 움찔했지만 전처럼 도도하고 냉정하게 굴지는 않았다.

남작 영지에서 최근 가장 유명한 사람은 누가 뭐라 해도 재능자로 밝혀진 딕스였다.

또한 그의 장래가 확실하고 밝다는 데 이견을 다는 이는 아무도 없었다.

영지에서 왕과 다름없는 영주마저 딕스에 대해 좋은 대우를 해준다.

열두 살 소년은 페논 남작 영지에서 굉장히 중요한 인사가 된 상태였다.

그리고 그 누구보다 밝은 미래를 꿈꿀 수 있는 자격을 갖추고 있었다.

"아니, 난 저… 그때 그 일 사과할게. 전에 널 곤란하게 만든 건 모두 잭슨이 시켜서 한 일이야. 내 마음은 그렇지 않았어. 그걸 알아줬으면 해. 미안해. 딕스."

허리를 꾸벅 숙이며 말하는 릴리의 귓불이 빨갛게 달아올랐다.

그녀는 어렸지만 자신의 미모에 대한 자신감이 대단히 높았다.

그리고 이를 무기로 활용할 줄 아는 영악한 면모도 갖추고
있었다.

릴리의 말에 딕스는 속이 부글부글 끓었다.

순수하고 어리석었던 열 살의 봄날이었다.

그날, 소년은 소녀가 자신을 평소와 달리 다정하게 대해주
자 오랫동안 간직했던 마음을 고백했다.

그런데 그녀와 만난 그 장소에는 잭슨 패거리가 미리 대기
하고 있었다.

순정을 고백하던 그 장소는 순식간에 놀림을 받는 끔찍한
장소가 되어버렸다.

이후 딕스는 크게 절망하고 슬퍼했다.

그때부터 딕스는 어머니와 누나 이외의 여자는 믿지 않는
의심병이 생겨 버렸다.

그 일 이전엔 잭슨과 그 패거리가 못살게 굴어도 크게 개의
치 않았지만 자신의 감정을 농락당한 이후로는 성격이 확실
하게 변해 버렸다.

독해지고 교활해진 것이다.

힘에서 안 되니 자연 머리로 싸울 수밖에 없었다.

하지만 어린아이의 계책이란 조금만 파고들면 충분히 밝
힐 수 있는 허점투성이였다.

때문에 잭슨 패거리와 딕스의 처절한 전쟁은 그에게 보복 당한 아이들의 부모가 개입하는 사태까지 확대되곤 했다.

사태가 이 지경이 되면 딕스의 어머니와 아버지는 아들을 대신해 고개 숙여 사과하는 것으로 일을 마무리하곤 했다.

그때마다 소년의 둘째 형인 다혈질의 마크는 잭슨과 그 패거리를 불러내 흠씬 두들겨 팼다. 그럼 또다시 이들의 가족이 몰려와 집안을 한바탕 헤집었다.

그렇게 1년을 넘게 싸우게 되자 딕스의 계략은 점점 진화했다.

심증은 가져도 물증을 찾을 수 없도록 만든 것이다.

이후 잭슨과 그의 패거리는 딕스를 껄끄러워했다.

그들은 점차 물리적인 방법을 포기하는 대신 그를 철저히 따돌렸다.

딕스 또래는 물론 한두 살 아래의 아이들까지 합세했다.

한순간에 따돌림받는 외톨이가 되어버린 것이다.

하지만 딕스는 이에 개의치 않았다.

오히려 좋아했었다.

"됐어, 너와 얘기하고 싶은 마음 따윈 손톱의 때만큼도 없다."

적대적인 딕스의 태도에 릴리는 크게 당황했다.

한때 자신을 좋아했던 소년이었다.

그런 소년이 지금 참으로 매몰차게 굴지 않는가! 물론 자신이 소년에게 실수한 점은 인정하고 있었다.

그래도 딕스의 지금 같은 태도는 나쁘다고 생각했다.

"흥! 너무하는구나. 여자가 이렇게까지 사과했으면 남자답게 받아줘야 하는 거 아냐?"

릴리의 커다란 두 눈은 어느새 분함으로 가득 찼다.

자신이 이렇게 손을 내미는데도 저리 매몰차게 구는 사내아이는 단 한 번도 본 적이 없었다.

그때, 잭슨과 그의 똘마니들이 반대편 길목에서 걸어오고 있었다.

릴리의 눈빛이 순간 영악스럽게 반짝였다.

그녀는 비명처럼 소리 질렀다.

"나 너 싫다고 했지! 왜 이렇게 귀찮게 구는 거야 지저분하게. 딕스, 나 정말 너 같은 녀석은 싫어! 구역질 나!"

잭슨과 그 패거리를 미처 보지 못한 딕스는 릴리의 갑작스러운 태도 변화에 어이가 없었다.

자신이 언제 그녀를 귀찮게 했던가? 도리어 그녀가 자신을 불러 세우지 않았던가.

딕스는 릴리를 뚫어져라 응시했다.

릴리의 눈이 영악하게 반짝이며 자신의 뒤를 자주 흘끔거렸다.

눈치하면 딕스였다.

냉소가 그의 마음에서 개화했다.

"미친 계집애군. 네 대갈통에 있는 생각 다 보이거든? 계속 헛소리해 봐. 난 여자라고 봐주는 녀석이 아니야. 까불면 네 누런 팬티에 피똥을 싸게 만들어주겠어."

거친 입담과 싸늘하고 독한 눈빛.

태연한 그의 협박에 릴리는 순간 숨이 턱 막히는 경험을 했다.

마을을 주름잡고 있는 잭슨도 딕스를 꺼려 하는 실정이다.

입으론 상대할 가치가 없는 너절한 녀석이라고 말하지만 실상은 그가 딕스를 경계하고 있음을 릴리도 알고 있었다.

딕스는 더 생각할 필요도 없다는 듯 몸을 돌렸다.

그의 앞엔 골목대장 잭슨이 잔뜩 일그러진 얼굴로 서 있었다.

잭슨은 딕스보다 머리 하나가 더 컸다.

패거리를 짓고 있는 아이들 역시 딕스보다 체격이 좋았다.

딕스는 고개를 빳빳이 들어 잭슨을 쏘아보았다.

"딕스, 너 이 자식. 릴리를 귀찮게 하지 말랬지!"

딕스의 유명세를 어찌 잭슨이라고 모르겠는가! 하지만 자신이 좋아하는 릴리와 부하들이 지켜보는 앞에서 위축된 모습을 보일 수는 없었다.

상대가 간교한 딕스라는 게 마음에 걸렸지만 그렇다고 해서 이대로 보내준다는 것은 말이 되지 않는 일이었다.

최소한 사과의 말 한마디는 받아야 한다.

이는 골목대장의 명예와 자존심에 직결된 아주 예민하고 중요한 사안이었다.

"꺼져."

딕스는 상대할 가치가 없다는 듯 냉랭하게 말했다.

잭슨의 얼굴은 분노로 금세 울긋불긋해졌다.

"이 새끼가!"

잭슨은 딕스의 멱살을 쥐어짜듯이 잡았다.

힘으로 그를 이길 수 없음을 누구보다 딕스가 잘 안다.

재능자가 되었지만 아직 물리적인 힘에서는 잭슨을 이길 수 없었다.

하지만 그는 자신을 중심으로 돌아가는 정세를 이용할 줄 아는 간교한 머리를 갖고 있었다.

"얼마 전에 행정관 아저씨가 우리 집에 다녀갔지, 아마."

잭슨의 아버지는 영지 행정관서의 행정관으로 근무한다.

행정관서의 직위는 총행정관 아래 행정관, 서기관, 사무관, 주사, 주사보, 수습 주사보가 있다.

잭슨의 아버지는 행정관서의 2인자로 훈작의 작위를 가지고 있었다.

미래의 자신이 행정관서의 수습 주사보로 일할 때 또래인 잭슨은 이미 주사보였다.

이 녀석 때문에 딕스는 온갖 잡무에 시달린 적이 많았다.

융통성이라곤 찾아볼 수 없는 고지식한 자신의 아버지와 달리 문관인 잭슨의 아버지는 자신의 신분을 적절히 이용할 줄 아는 인물이었다.

딕스의 입에서 자신의 아버지가 거론되자 잭슨의 얼굴색이 순식간에 벌게지더니 곧 떨떠름한 기색으로 확 구겨졌다.

"그, 그래서!"

잭슨은 내심 뜨끔한 상태였다.

그러나 릴리와 수하들이 지켜보고 있었다.

잭슨은 자존심 때문에라도 강하게 나갈 수밖에 없었다.

영주님도 중요하게 생각하는 딕스를 건드려 봐야 자신만 손해라는 것을 잭슨 역시 알고 있었지만 선택의 폭이 너무 좁았다.

딕스는 잭슨의 눈동자가 심하게 흔들리는 것을 보았다.

"그렇다는 거야. 뭐, 협박은 아냐. 후훗."

딕스는 협박이란 단어에 유독 힘을 주었다.

잭슨은 잔뜩 찌푸린 얼굴로 릴리와 수하들의 표정을 슬쩍 살폈다.

'젠장, 어쩌지?'

잭슨은 당혹감을 감출 수 없었다.

딕스를 패버리는 건 일도 아니지만 후환이 두려웠다.

놈의 계략이 두려웠고 녀석이 영주님을 움직일 수 있음이 걱정스러웠다.

주먹을 쥔 잭슨은 이러지도 저러지도 못했다.

그때, 릴리가 잭슨을 충동질했다.

"잭슨, 넌 네 여자 친구가 모욕을 당했는데 가만있을 거야! 너 그거밖에 안 돼? 정말 실망이야!"

여우 같은 계집애가 소년의 허파에 바람을 잔뜩 주입했다.

망설이던 잭슨이 드디어 결정을 내렸다.

세상을 움직이는 것은 남자지만 그 남자를 움직이는 것은 여자다.

어리다곤 하나 잭슨도 남자인 것이다.

"따라와. 이 새꺄!"

내일 죽더라도 오늘만은 사내답게 살자!

딕스를 상대하기로 결심한 잭슨의 피눈물 나는 각오였다.

딕스의 입 매무새가 비웃음을 담고 비틀어졌다.

그는 릴리를 쳐다보았다.

같잖은 계집!

멍청하고 저열하며 천박한 저딴 계집을 자신이 한때나마

좋아했다는 게 메스꺼웠다.

"싫은데."

딕스는 여유가 있었다.

잭슨이 당황한 표정으로 그를 보았다.

주위에 사람들이 오가고 있었다.

여기서 딕스를 패버리면 일이 커질 수 있다.

특히 지금은 딕스의 가치가 중요해진 상태다.

그를 괴롭힌 일이 알려졌다간 도리어 자신이 더 큰 곤경에 처할 수 있었다.

잭슨은 또래보다 체격이 크고 힘도 좋았지만 주먹만 믿고 설치는 어리석은 녀석은 아니었다.

"뭐? 너도 사내새끼냐?"

"흥, 너나 사내새끼해라. 그리고 나 지금 영주관으로 가야 하거든. '영주관'이다. 알아들었어?"

잭슨을 따라가 봐야 맞기밖에 더 하겠는가.

녀석들을 다 무찌를 힘만 있다면 옳다구나! 하고 따라가겠지만 지금은 이들을 상대할 힘이 없다.

그러니 녀석이 함부로 행동하지 못할 제약을 걸어두고 어려움을 피할 수밖에 없었다.

분한 마음도 없고 자존심에도 전혀 손상을 입지 않았다.

이것도 자신의 힘이지 않은가. 그리고 이런 하찮은 어린아이들을 괴롭혀 봐야 남는 것도 없다.

점잖고, 예의 바르며, 애향심을 가진 멋진 소년의 이미지를 굳혔는데 굳이 이딴 녀석들로 인해 그 이미지를 훼손할 필요가 있겠는가!

씨익.

딕스는 여유가 가득한 표정으로 잭슨을 향해 비웃음 한 방을 시원스레 날려주었다.

잭슨은 딕스의 입에서 영주관으로 가야 한다는 말이 나온 순간 머릿속이 복잡하게 꼬이고 있었다.

영주관은 영주님이 사는 곳이다. 그리고 딕스가 영주관으로 간다는 말은 영주님과 약속이 됐다는 말일 것이다.

영주님의 손님을 건드렸다간 자신은 물론 아버지까지 위험해질 수 있는 노릇이다.

현실감각을 되찾은 잭슨은 굴욕감을 느꼈지만 쥐었던 주먹을 펼 수밖에 없었다.

"너 이 새끼, 영주님이 널 찾으니까 이번만은 봐주겠다. 하지만 다음에 릴리를 또 귀찮게 하면 가만두지 않겠어! 가자."

비겁한 엄포를 날린 잭슨은 서둘러 자리를 피했다.

릴리는 어이없다는 표정으로 잭슨을 바라보다가 자신을 바라보며 빙글빙글 웃는 딕스를 보았다.

딕스는 소녀의 귓가에 대고 나직하게 속삭였다.

"너와 난 레벨이 달라, 레벨이. 레벨이 무슨 뜻인지 모르지? 덜떨어진 장님 같은 계집애. 꺼져라."

딕스는 소녀의 가슴에 신전 기둥도 울고 갈 대못을 박아버렸다.

그러곤 홀가분한 표정으로 유유히 소녀의 눈길에서 사라졌다.

수치심을 느낀 릴리는 온몸을 부르르 떨었다. 그러나 그녀가 동원할 수 있는 수단으로는 딕스를 괴롭힐 수 있는 방법이 없었다.

'두고 봐, 언젠가는 널 괴롭혀 줄 거야! 비열한 놈!'

열두 살 소녀의 두 눈에 시퍼런 독기가 줄기차게 뿜어지고 있었다.

'5월인데 이 한기는 뭐지?'

한 소녀의 가슴에 평생 지울 수 없는 원한을 넘치도록 심어 준 딕스.

그는 화창하고 따스한 5월의 추위가 그 때문임을 알지 못했다.

알아도 상관할 녀석이 아니다.

제2장

넓은 세상으로 나가다!

마법사는 크게 3단계로 나뉜다.

1단계는 마법사의 재능을 가진 이가 자신의 속성에 맞는 눈을 보아야 하며 스물네 개의 기본형 마력 문장 중 하나를 반드시 알아야 한다.

이러한 두 가지 요소가 충족되면 재능자의 미간에 문장이 문신처럼 나타난다. 이 문장은 의식 영역에도 새겨지게 된다. 그러나 이는 완전한 것이 아니다. 예를 들어 설명하자면 문을 열 수 있는 열쇠 구멍만을 찾은 것이다.

2단계는 마나 순환 수련법을 익혀 마나를 체내에 축적하고 이를 통해 의식 영역에 있는 기본형 마력 문장을 자신만의 문장으로 완성해야 한다. 이는 마법사로 거듭날 수 있는 중요한 단계다.

재능자의 대부분이 평생 자신만의 문장을 완성하지 못하는 경우가 허다하다. 그러나 2단계의 재능자는 속성의 마나를 다른 형태로 변형하여 쓸 수 있다. 사람들은 이러한 힘을 쓰는 자들을 견습 마법사라고 부른다.

3단계란 열쇠 구멍에 맞는 열쇠를 완성한 단계를 말함이다. 이때는 마법사들의 상징이자 힘을 증명하는 전투 골렘을 소환할 수 있게 된다.

이후 자신의 속성과 부합되는 장소에서 마나 순환 수련법을 이용하여 서클(전투 골렘의 성장)을 만들어가면 된다. …(중략)…… 인류 역사에 등장한 마법사의 최고 경지는 6서클로 32미터의 거대 전투 골렘이 소환된 바 있다.

과거 4서클의 마법사 홀로 백작 영지를 초토화시킨 일이 있다. 당시 초토화된 백작 영지엔 소드익스퍼트급 기사 여덟 명과 일반 기사 서른 명, 병사만 무려 2,000명이 있었다. 이처럼 막강한 영지가 4서클 마법사의 전투 골렘에 의해 무너졌다.

가히 일인 군단이라 불리어도 손색이 없는 전투력을 갖춘 자들이 바로 문장 마법사인 것이다.

문장 마법사에 대한 내용이 담긴 책을 쭉 읽어본 딕스는 새삼 자신의 재능에 전율했다.

'마나 순환 수련법이라.'

새로 치면 날개이고 말로 치면 튼튼한 다리다.

마법사라면 반드시 알아야 하는 수련법.

혹시나 싶어 그는 수백 권의 책이 꽂혀 있는 서재를 꼼꼼하게 살펴보았다.

한참을 뒤졌지만 그가 원하는 마나 순환 수련법에 관한 책자는 끝내 찾지 못했다.

기대가 무너져서일까? 온몸에 힘이 쭉 빠졌다.

그래도 자신의 재능이 얼마만 한 가치를 가졌는지에 대해서는 보다 정확하게 알아냈다.

서재에 볼일이 없어진 딕스는 자리를 털고 일어났다.

그때, 낯선 눈길이 느껴졌다.

'누구지?'

딕스는 화려한 드레스 차림의 도도한 인상의 소녀를 보게 됐다.

작고 하얀 얼굴과 오똑한 콧날, 그리고 붉은 입술이 인상적인 미소녀였다.

한데 이상하게도 이 소녀가 눈에 익었다.

그럼에도 이 소녀가 누구인지에 대해서는 도무지 기억할 수가 없었다.

그때 딕스는 소녀 뒤에 시립한 사내를 보게 됐다.

'아! 알튼 주사보.'

딕스는 자신이 알던 알튼 주사보보다 훨씬 젊은 시절의 그를 보게 됐다.

알튼은 행정관서의 수습 주사보로 일하던 자신의 사수이자 그와 같은 직급의 주사보인 잭슨이 자신을 괴롭히는 것을 막아주던 고마운 사람이었다.

'그러고 보니 지금은 수습 주사보인가?'

자신이 수습 주사보로 들어가기 몇 달 전에 수습을 떼고 주사보가 되었다고 했으니 지금은 수습 주사보일 터였다.

딕스는 반가운 마음이 들었지만 이를 내색하지는 않았다.

자신과 알튼의 만남은 7년 후이기 때문이다.

지금의 그를 아는 체했다간 오히려 의문만 살 터였다.

알튼을 보게 되어 반가운 마음이 들었던 딕스는 이내 소녀에게 눈길을 주었다.

'누구더라?'

곤혹스러운 표정을 짓는 딕스를 향해 범상치 않은 표정과 옷차림의 소녀가 입을 열었다.

"네가 재능자 딕스더냐?"

딕스는 소녀의 말투가 참으로 이상하다고 생각했다.

한데 이 말투가 소녀의 입에서 나오자 맞춤옷을 입은 듯 그녀에게 무척이나 잘 어울린다는 생각이 들었다.

경계심이 살짝 깔린 표정으로 딕스가 대답했다.

"그렇습니다. 한데 뉘신지?"

"난 레이첼 데 페논이라고 한다."

자신의 정체를 당당히 밝힌 소녀에게선 우월감이 강하게 풍겨 나왔다.

"아!"

딕스는 그제야 눈앞의 이 소녀가 누구인지 기억해 냈다.

그가 한눈에 그녀를 알아보지 못한 것은 당연했다.

영주관의 수습 주사보로 임관했을 때 딱 한 번 눈앞의 이 소녀, 그러니까 7년 후의 레이첼을 보았었다.

그때의 그녀는 뭐랄까? 마치 얼음 장미 같은 사람이었다.

딕스는 몸가짐을 더욱더 조심했다.

"뭐지? 그 감탄성은?"

부지불식간에 터져 나온 딕스의 감탄성이 소녀를 자극했다.

딕스는 자신을 바라보는 소녀의 눈빛이나 표정이 상당히 삐딱하다는 느낌을 받았다.

'지금 시비 거는 건가?'

불쾌감이 스멀거리며 목구멍을 메웠다.

입을 벌리면 불쾌한 느낌을 토해 버릴 것만 같아 입을 꾹 닫고 소녀를 보았다.

이러한 그의 행동에 소녀는 아름다운 미간을 확 찌푸렸다.

소녀는 말없이 딕스를 노려보기만 했다.

딕스는 그녀가 자신의 사과와 변명을 요구한다는 생각이 문득 들었다.

이러한 생각이 확실한지는 알 수 없지만 감이란 게 있다.

그녀의 태도는 상당히 못마땅했지만 그녀에 비해 모든 것이 열악한 실정이다.

릴리에게 했던 것처럼 이 소녀에게 했다간 자신은 물론 가족에게까지 악영향이 미칠 것이다.

이러니 몸을 낮출 수밖에 없다.

"제가 실수를 했다면 사과드리겠습니다."

소녀는 데일 데 페논의 여동생이다. 사지를 찢어발겨도 시원찮을 놈의 여동생.

토르네 남작을 대했을 때와 달리 레이첼을 바라보는 딕스의 눈빛은 어딘지 모르게 차갑다.

이유는 그녀의 얼굴에서 데일의 느낌이 많이 풍겼기 때문이다.

페논가의 오누이는 그들의 아버지인 토르네 남작보단 남작 부인의 외모와 성격을 쏙 빼닮았다.

남작 부인은 대부분의 시간을 친정에서 지냈다.

그녀의 친정은 공국의 수도 카라힐이다.

도시 귀족인 남작 부인은 시골에 사는 것을 끔찍하게 싫어했다.

때문에 토르네 남작은 홀아비처럼 지내고 있었다.

"눈빛이 상당히 시건방지구나."

소녀의 목소리엔 불쾌감이 가득했다.

남작 부인을 따라 수도에서 생활하는 레이첼에게 가문의 터전인 페논 영지는 불편하고 불결한 하수구 같은 곳이었다.

그래서인지 일 년에 한두 번, 영지에 내려와 짧은 시간 머물 때마다 예민하게 굴었다.

이는 그녀의 모친인 남작 부인과 같았다.

그래서일까? 모녀가 내려올 때면 영주관에서 일하는 모든 사람들이 바짝 긴장했다.

"생겨먹길 이리 생겨먹었습니다."

비틀린 감정이 저도 모르게 울컥한 목소리로 나온 딕스였다.

소녀의 표정이 더욱더 차가워졌다.

"내가 누구인지 알고도 그리 시건방지게 굴다니!"

외모와 마음결이 비슷했다면 소녀는 천사라는 소리를 들을 것이다.

하지만 그녀의 마음은 외모와 정반대 방향에 놓여 있었다.

'젠장, 일진이 사납네. 오늘 무슨 날인가?'

첫사랑이었던 악랄한 릴리에 이어 오만하고 시건방진 레이첼까지.

딕스는 자신이 굉장히 불행한 하루를 맞았다고 생각했다.

입을 꾹 닫고 있는 딕스의 태도는 소녀의 가슴에 불을 질렀다.

성질이 있는 대로 뻗친 레이첼이 위협적인 목소리로 소리쳤다.

"꿇어라!"

"……?"

딕스는 황당하다는 표정으로 소녀를 보았다.

저 주둥이에 주먹을 한 방 깊게 박아 넣고 싶다는 충동을 느꼈다.

실제로 그의 주먹에 부쩍 힘이 들어갔다.

폭력적인 성격이 아닌 그였지만 소녀가 데일과 비슷한 분위기와 인상을 풍긴다는 것을 인식한 그 순간 딕스에게 레이첼은 만 정이 떨어지는 재수 없는 년으로 비쳤다.

그런 년에게 사나이의 자존심이랄 수 있는 무릎을 꿇는다? 접시 물에 코 박고 자살했음 했지 결코 하고 싶지 않은 일이었다.

성난 레이첼의 입에서 또다시 불길이 토해졌다.

"내 말이 들리지 않느냐!"

소녀의 몸은 마치 벼락을 맞은 듯 부르르 떨리고 있었다.

딕스는 내심 '내가 왜?'라는 말을 하고 싶었지만 이를 대놓고 할 수는 없었다.

어쨌든 그녀는 귀족이고 자신은 일개 평민에 불과했으므로.

딕스는 어금니를 갈아붙이며 무릎을 꿇었다.

그제야 소녀의 눈에 우쭐거리는 기색이 드러났다.

"됐습니까?"

딕스는 바닥을 노려본 채 말했다.

몸은 굽혔지만 마음마저 굽힌 건 아니다.

그의 어투에 깃든 반감을 느꼈음일까? 우쭐했던 소녀의 표정이 삽시간에 변했다.

"건방진 놈!"

소녀는 딕스가 좀 전까지 읽고 있던 두툼한 '마법사에 관한 상'이라는 책을 들어올렸다.

위험하게도 미친년이 폭력성까지 겸비하고 있지 않은가.

그 순간 딕스의 마음속에서 소녀는 상종 못할 인간으로 굳건하게 자리매김했다.

딕스는 두 눈을 질끈 감았다.

그때, 이를 지켜보고 있던 알튼이 나섰다.

"아가씨, 딕스 군은 영주님께서 매우 아끼시는 아이입니다. 이 일이 영주님의 귀에 들어가면 아가씨도 곤란해지실 겁니다."

딕스를 후려치려던 소녀는 알튼이 끼어들자 표독한 표정으로 그를 쏘아보았다.

눈빛으로 사람을 잡아먹을 수 있다면 바로 저런 눈빛이지 않을까 싶다.

"저놈이 나를 무시한 것을 넌 보지 못했느냐! 내 아버님도 내가 이런 무시를 받았단 걸 아신다면 나를 야단치지 못할 것이다."

"저 소년이 아가씨의 마음을 상하게 한 것은 분명 옳지 않지요. 하지만 귀족을 대하는 예법을 배우지 못한 무지한 아이지 않습니까, 아가씨."

알튼이 딕스를 변호하며 진땀을 흘렸다.

딕스는 그의 도움에 고마움을 느꼈지만 무지한 아이라는 말은 귀에 거슬렸다.

그렇다고 선의로 나선 알튼이 미운 것은 아니다.

'알튼 아저씨의 성격은 그때나 지금이나 변한 게 없구나.'

책을 번쩍 치켜든 레이첼은 알튼의 변론에 할 말이 없어졌다.

그리고 이 순간 화를 참지 못해 소년을 친다면 자칫 아버지의 불호령이 떨어질 수 있었다.

겉으론 소년을 무시했지만 그가 재능자임이 입증된 이상 함부로 대할 수는 없었다.

재능자는 일단 준귀족의 대우를 받게 된다.

그리고 재능을 꽃피워 마법사가 되면 최소 남작의 작위를 갖게 된다.

실력이 더 늘어난다면 그 이상의 고위 작위까지 넘볼 수 있는 것이다.

소년의 장래를 생각하면 자신의 행동은 좋지 않은 부메랑이 되어 돌아올 터였다.

이렇게 판단을 내린 소녀는 슬그머니 책을 내려놓았다.

"흥! 내 너를 지켜보겠다. 가자, 알튼."

자존심이 팍 상해 버린 소녀는 씩씩거리며 밖으로 나가 버렸다.

안도의 한숨을 내쉬던 알튼이 딕스를 바라보며 차분한 음성으로 조언했다.

"딕스 군, 주위에 적을 만들어 좋을 게 없네. 더욱이 여자의 원한을 사는 일은 만들지 말게. 내 연장자로서의 충고이니 귀담아듣게나. 그리고 레이첼 님을 미워하진 말게. 말은 저리하셔도 자네에게 호감이 있어 일부러 여기까지 찾아온 것이니 말일세."

딕스는 말없이 고개만 끄덕였다.

그때, 레이첼이 쨍쨍거렸다.

"알튼, 빨리 와!"

"딕스 군, 아르온 님의 가호를 빌겠네. 그럼."

소녀의 재촉을 받은 알튼이 나가자 딕스는 그제야 무릎을 폈다.

알튼의 조언에도 불구하고 레이첼에 대한 미움은 가시지 않았다.

'그 오빠에 그 여동생이군. 얼굴만 반질반질하면 뭐해. 심보가 글러먹었는데. 또라이 같은 년. 쳇.'

입 밖으론 욕할 수 없었기에 내심으로 레이첼을 씹어대는 딕스였다.

그럼에도 여전히 분이 풀리지 않았다.

*　　　*　　　*

대륙력 4243년 6월 19일.

딕스네는 이른 아침부터 부산스러웠다.

오늘은 딕스가 태어나 처음으로 고향인 페논을 떠나는 날이었다.

얼마 전 재능자 딕스를 입궐시키라는 왕명과 함께 사람들이 도착했다.

막상 고향을 떠나 공국의 수도인 카라힐로 가게 된 딕스는 앞날에 대한 설렘, 가족에 대한 걱정으로 인해 밤새 뜬눈으로 지새웠다.

딕스의 아버지, 어머니, 누나는 기쁨과 섭섭함이 교차하는 표정으로 대문 밖까지 나와 소년을 배웅했다.

대문 밖에는 왕실에서 직접 보내온 마차가 있었고 이 마차 주위엔 왕실 근위기사대 소속의 기사 한 명과 네 명의 기병이 대기하고 있었다.

딕스의 아버지 로버트는 왕실 근위기사대 소속인 소드익스퍼트 기사 패트릭에게 아들을 부탁한다며 아버지의 마음으로 허리를 깊이 숙였다.

"패트릭 경, 부족한 제 아들을 부탁드립니다."

같은 기사라도 일개 남작 영지의 기사와 왕실의 기사는 인식과 대우부터 다르다.

또한 소드익스퍼트와 소드유저란 단계로 치면 한 단계에 불과하지만 그 차이는 가히 하늘과 땅이다.

아버지의 상체가 아래로 향하는 것을 보게 된 딕스는 유쾌하지 않았다.

소년에게 아버지란 세상에서 제일 강한 남자여야 하기 때문이다.

"로버트 경, 걱정하지 마십시오. 아드님을 안전하게 호위하겠습니다."

패트릭은 시골 남작 영지의 기사인 로버트를 무시하지 않고 정중하게 대했다.

이는 로버트가 어렵거나 자신보다 연장자라서가 아니었다.

이 모든 게 그의 아들 딕스가 재능자였기 때문이었다.

딕스는 마지막으로 어머니와 누나를 포옹한 뒤 차분한 모습으로 아버지 앞에 섰다.

로버트는 염려 가득한 목소리로 아들에게 말했다.

"수도는 이곳과 많이 다를 것이다. 사람들의 의식구조도 다르고 생활도 다르다. 그러니 행동 하나하나에 신경 써야 할 것이다. 또한 항시 겸손함을 잃어서는 안 된다. 알겠느냐?"

아들을 걱정하는 아버지의 마음이 충고 한마디 한마디에 듬뿍 녹아 있었다.

근엄한 표정 이면에 감춰진 아버지의 깊은 사랑 앞에 딕스는 다부진 표정으로 대답했다.

"걱정 끼치지 않도록 잘할게요."

"휴, 어린 너를 홀로 보내야 하는 게 마음이 쓰이는구나. 그리고 시간이 나면 네 큰형을 찾아보아라. 너보단 수도 생활이 익숙할 테니 약이 될 조언을 들을 수 있을 것이다."

딕스의 큰형 테일은 왕립 아카데미 기사학부 5학년에 재학 중이었는데 졸업까진 앞으로 2년이 더 남아 있었다.

"네, 시간이 나면 큰형을 찾아갈게요."

딕스는 코끝이 시큰해졌다.

아버지 뒤에서 고개 숙여 눈물짓는 어머니와 자신을 바라보며 손을 흔드는 누나의 눈망울에 눈물이 그렁그렁했기 때문이다.

예지몽에서 자신을 구하기 위해 스스로 죽음을 향해 뛰어든 어머니와 누나였다.

그때 그 일만 생각하면 몸과 마음이 주체할 수 없을 만큼 덜덜 떨려왔다.

"가거라. 패트릭 경이 기다리시는구나."

"가볼게요. 아버지, 건강 조심하세요."

두툼하고 딱딱한 아버지의 손이 자신의 어깨를 쓰다듬자 딕스는 마음이 쩌릿쩌릿했다.

끔찍한 미래를 손쉽게 바꿀 방법은 온 가족이 다른 영지로 이주하는 것이다.

이는 딕스가 원하는 이상적인 상책이다.

그리되면 토르네 남작의 아들 데일이 그 어떤 개망나니 짓을 해도 그건 타인의 불행일 뿐이다.

그러나 아버지의 고지식한 성격을 생각하면 감히 말조차 꺼낼 수가 없었다.

'반드시 마법사가 돼서 아버지와 엄마, 누나, 큰형을 지킬 게요.'

열두 살 소년의 가슴엔 오로지 가족을 지켜내고야 말겠다는 다짐과 각오만이 가득했다.

딸깍.

마부가 마차 문을 열어주자 딕스는 마차에 올랐다.

창밖으로 상체를 빼낸 딕스는 자신이 할 수 있는 최대치까지 환하게 웃었다.

*   *   *

딕스 일행은 페논과 이웃한 카논 자작 영지의 주도 한센에 도착했다.

예지몽에서 자신의 고향을 짓밟고 가족을 도륙한 침략 영지의 심장부에 내린 딕스는 감회가 남달랐다.

'데일 그 자식도 밉지만 이놈들도 밉단 말이야.'

선입견이 깔린 마음으로 주변을 보게 되니 모든 사람이 살인자로 보여 불편한 마음을 지우기 힘들었다. 때문에 그의 눈빛은 그 어느 때보다 싸늘했다.

"오늘은 여기서 하루를 쉬고 내일 아침 출발할 걸세."

기사 패트릭은 자신보다 어리고 신분도 낮은 딕스를 함부로 대하지 않았다.

그의 성격이 원래 이런 것인지 아니면 소년이 재능자이기 때문인지에 대해서는 알 수 없지만 패트릭의 이와 같은 태도는 딕스로부터 호감을 사기에 충분했다.

표정을 고친 딕스는 공손한 태도로 대답했다.

"저 때문에 고생이 많으세요. 패트릭 기사님."

"고생이랄 게 있나. 근위기사대의 훈련을 생각하면 이건 아무것도 아니지. 그리고 이건 자네 방 열쇠네. 자네 옆방이 내 방이니 일이 생기면 언제든지 소리만 치게. 참, 저녁은 한 시간 후에 먹을 걸세. 사람을 보낼 테니 그때 내려오게나."

열쇠를 받아 든 딕스는 자신을 흘끔거리는 종업원의 안내를 받아 3층에 도착했다.

종업원의 태도가 이상하여 왜 그러느냐? 라고 묻고 싶었지만 귀찮다는 생각이 들었다.

객실로 들어온 딕스는 편리하고 고급스런 내부 시설에 크게 놀라 이곳저곳을 기웃거리며 감탄사를 연발하다 고향에 계시는 부모님을 문득 떠올렸다.

'부모님의 방을 이렇게 꾸며 드리면 참 좋겠구나.'

일평생 영지 밖을 나간적이 없는 그가 어찌 여관에서 자볼 수 있었겠는가.

특히 그가 머물고 있는 여관은 부유한 사람들이나 올 수 있는 그런 곳이다.

부모님 생각에 울적해진 그는 답답한 마음을 풀기 위해 창문을 활짝 열었다.

카논의 거리와 건물들이 한눈에 들어왔다.

1, 2층의 벽돌집과 널찍하게 포장된 도로. 그리고 도로 좌우에 늘어선 많은 상점.

이곳과 페논이 과연 인접한 영지일까 싶을 만큼 두 영지는 모든 면에서 큰 차이를 보였다.

'그 자식은 눈깔도 없나?

직접 본 카논 영지는 페논이 따라갈 수 없는 경제력과 인구를 가진 곳이다.

더욱이 이곳엔 두 명의 소드익스퍼트 기사가 있지 아니한가.

딕스는 문득 소드익스퍼트 기사의 상징인 그들의 오러가 어떠한 것인지 궁금해졌다.

고향에서 가장 강한 사람이 자신의 아버지다.

그런 분을 쉽게 꺼꾸러뜨릴 수 있다는 소드익스퍼트.

그들의 실체에 대한 궁금증이 걷잡을 수 없이 커지고 있었다.

"소드익스퍼트 기사는 얼마나 잘 싸울까?"

딕스는 자신을 호종하는 임무의 책임을 맡고 있는 왕실 근위기사대 소속의 기사 패트릭을 떠올렸다.

그는 중급의 익스퍼트다.

딕스는 패트릭의 오러가 보고 싶어졌다.

한 며칠 그와 지내다 보니 부탁하면 될 듯싶기도 했다.

살짝 흥분한 그는 대충 세면을 끝내고 옷을 갈아입은 뒤 패트릭의 방문을 노크했다.

"딕스 군, 무슨 일인가?"

머리를 감았는지 패트릭의 머리칼은 젖어 있었고 가슴골까지 파인 상의를 입은 탓에 쇄골과 깊은 가슴골이 여실히 드러나 있었다.

커다란 근육을 가진 아버지와 그를 외양만 놓고 비교하면 패트릭은 아버지의 적수가 안 될 듯싶었다.

그러나 현실은 정반대였다.

근육의 양이 힘의 우위를 결정짓는 게 아니라는 의미였다.

"저기, 음……."

막상 부탁하려고 하니 입이 떨어지지 않았다.

왕실 근위기사대의 기사인 패트릭 같은 신분이면 자신의 검에 대한 자긍심이 대단히 높을 터였다. 만약 그가 자신의 부탁을 거절한다면 여행 내내 사이가 서먹해질 수도 있는 노릇이었다.

딕스는 그제야 자신이 너무 경솔했음을 깨달았다.

"저기, 외출해도 될까요?"

자신의 성급함을 깨달은 딕스는 본래의 목적에서 벗어난
말을 했다.

"외출을?"

"네, 고향과 달리 이곳은 모든 것이 크고 번화해서 구경하
고 싶어요. 가능할까요?"

딕스는 천진난만한 표정을 지어 보였다.

패트릭은 소년의 말에 공감한 듯 고개를 끄덕였다.

"하긴, 고향을 떠난 것이 이번이 처음이라니 호기심이 생
길 법하지. 알았네. 저녁을 먹은 다음 같이 나가보세."

패트릭이 흔쾌히 수락하자 딕스는 자신의 속내를 들키지
않았다는 것에 크게 안도했다.

"감사합니다. 패트릭 기사님."

꾸벅 인사한 딕스는 부랴부랴 자신의 방으로 돌아왔다.

'마음이 너무 풀어진 것 같구나. 휴우.'

저녁 식사를 마친 딕스는 패트릭과 함께 시내를 거닐었다.

어슴푸레한 도로에 하나둘 가로등이 켜졌다.

가로등을 바라보는 딕스가 넋을 빼고 있었다.

"심지에 불을 붙이치도 않았는데 불이 켜졌어요? 이게 어찌 된 일이죠?"

딕스는 깜짝 놀라 저절로 켜지는 가로등을 멍하니 쳐다보았다.

어찌나 놀랬던지 심장이 마구 날뛰기 시작했다.

그에게 가로등의 점등 현상은 마귀의 은밀한 행사처럼 보였다.

"하하하하!"

순진무구한 딕스의 행동에 패트릭은 한참을 웃어댔다.

"제가 웃긴가요?"

딕스의 얼굴은 어느새 벌겋게 달아올랐다.

패트릭은 웃음기를 지우며 가로등의 점등 현상에 대해 설명했다.

"가로등이 저절로 켜진 현상은 마도진에 의한 작용 때문이네. 상세한 것은 마도학문에 관계된 것이라 나도 자세한 내용은 모르지만 우리의 일상생활에 마도학문은 깊이 관여해 있지."

딕스는 꿈에서 열아홉 해를 살았다.

사실 살았다고 볼 수 없다.

꿈을 통해서 자신의 삶을 약간 들여다본 게 전부였으니까.

딕스는 자신이 세상에 대해 너무 모르고 있다는 생각이 들었다.

무식한 촌놈이란 소릴 들어도 변명할 여지가 없었다.

"마도학문이란 어떤 것인가요?"

"마도학문을 알기 위해서는 마도진에 대한 것을 먼저 알아야 하네."

"듣고 싶어요."

소년의 왕성한 호기심에 패트릭은 엷게 웃은 뒤 설명했다.

"앞서도 말했듯이 나도 자세한 건 모르네. 내가 아는 것은 마도 박사들이 마도진을 만든 뒤 이를 활성화시키는 두 개의 신비로운 돌을 마도진에 배치함으로써 에너지가 발생한다는 것이네. 그 에너지를 이용해서 자네가 보듯이 가로등이 저절로 켜지는 일을 하게 한다네. 상식이지. 흠."

상식이 없는 시골 촌놈.

딕스는 자신이 우물 안 개구리처럼 살았다는 생각이 더더욱 들었다.

패트릭의 얼굴에 자신을 비웃는 기색이 조금이라도 있었다면 자존심이 강한 딕스는 더 이상 질문하지 않았을 터였다.

하지만 기사의 얼굴엔 자신의 무지를 비웃는 기색이 전혀 없었다.

오히려 순수한 자신을 재미있어 했다.

"그 돌이란 게 뭔가요?"

"마광석과 마흑석이란 이름을 가진 돌이라네. 마광석은 열을 발산하는 돌이고 마흑석은 한기를 발산하는 돌이네. 나도 몇 번 보았는데 참으로 신기하더군. 좀 더 큰 도시로 나가면 마탑이란 곳이 있지. 그곳에 가면 신기한 물건이 아주 많다네. 참, 객실에 나오는 온수 역시 마도진에 의한 작용으로 사람이 일일이 데우지 않아도 쓸 수 있는 것이라네."

딕스의 눈과 입이 쩍 벌어졌다.

따뜻한 물이란 나무를 태워 발생시킨 열을 이용하여 솥을 가열해야 얻을 수 있는 것이다.

한데 그러한 절차 없이 바로 따뜻한 물을 쓸 수 있다니!

딕스는 너무 놀라 말문이 턱 막혔다.

소년의 표정을 본 패트릭이 다시 한 번 껄껄 웃었다.

"자네 표정을 보니 객실의 온수를 쓰지 않았나 보군."

"아… 네."

딕스는 객실로 들어가면 패트릭의 말처럼 온수가 나오는지 반드시 확인해 보기로 했다.

'겨울이면 손발이 다 얼어붙도록 빨래하시고 설거지하시는 어머니를 위해서라도 하나 장만해야겠구나.'

딕스는 여관에서 쓰는 마도진이 냉난방도 가능하다는 것까지는 생각지도 못했다.

만일 알았다면 그는 저도 모르게 그 자리에서 바보천치와 같은 표정을 짓고 있었으리라.

두 사람은 길을 따라 좀 더 번화한 곳으로 향했다.

이 시간이면 어두컴컴한 페논과 달리 이곳은 마도진으로 작동하는 가로등 덕분에 거짓말 조금 보태서 대낮처럼 환했다.

여기에 상점에서 나오는 불빛마저 합류하자 아예 눈이 부실 지경이었다.

딕스에게 카논은 별세계였다.

딕스의 걸음이 어느 옷 가게 앞에서 멈췄다.

그의 눈길은 여성용 의류를 입고 있는 나무 인형에 고정되어 있었다.

'저렇게 큰 인형도 파는 건가? 눈, 코, 입도 없는데. 누가 저런 못난 인형을 산다고? 쳇, 옷만 예쁘구나.'

"뭘 보는가?"

딕스는 자신이 느낀 점을 말했다.

이 남자라면 자신이 어떤 말을 해도 비웃지 않을 것이란 확신이 들었기 때문이다.

그래서 자신의 무지가 드러나도 크게 부끄럽지가 않았다.

"사람이 입는 옷을 왜 저 나무 인형이 입고 있는 거죠? 아무리 봐도 사람이 입는 옷 같은데요."

"아! 저건 광고 인형이란 것이네. 사람의 체형을 본떠서 만든 것이지. 차곡차곡 개어놓거나 옷걸이에 걸어놓은 옷보단 저렇게 광고 인형에 입혀놓은 옷을 보면 구매 의욕이 더 생기지 않겠는가."

딕스는 뒤통수를 맞은 사람처럼 멍한 표정을 했다.

"그, 그럼 저 인형을 파는 게 아니라 옷을 파, 파는 거라는 말인가요?"

"하하하. 설마 저리 이상하게 생긴 인형을 누가 사겠는가? 내 자네와 이야기를 하다 보면 마도시대 이전의 사람을 보는 것 같구면."

딕스는 예지몽을 꾼 이후 스스로 남들보다 크게 특별한 사람일 것이란 오만한 자부심을 가지고 있었다.

누구도 모르는 미래를 혼자만이 알고 있었기 때문이다.

물론 자신과 가족의 소소한 개인사에 불과했지만.

'도시에 대한 동경이 이러한 것들 때문이었구나!'

딕스는 토르네 남작의 가족들이 영지에 머무는 것을 그토록 싫어하는 이유가 무엇 때문인지 이제야 이해하게 됐다.

자신이 그들 입장이었더라도 도시에서의 삶을 선택했을 것이다.

터억.

"갈까?"

넋을 빼고 옷 가게를 들여다보는 딕스의 얇은 어깨에 패트릭이 손을 얹었다.

여성 전용 상점이다 보니 많은 여성이 옷 가게 안을 수시로 드나들고 있었다.

여자들의 시선에 패트릭은 부끄러움을 느끼고 있었다.

"네, 네."

정신을 차린 딕스는 패트릭을 따라 상점들을 구경했다.

그의 손이 자꾸만 주머니 속 동전들을 만지작거리고 있었다.

'아버지가 주신 돈으론 옷 하나 사기도 힘들겠구나.'

예쁜 옷을 보니 어머니와 누나가 생각났다.

하지만 가격표를 보니 아버지가 주신 돈으론 저 옷의 10분의 1조각도 살 수 없었다.

자작 영지의 물가가 이럴진대 큰형 테일이 있는 공국의 수도 카라힐의 물가? 얼핏 생각만 해도 소름이 돋았다.

그리고 아버지의 봉급이 몽땅 형의 학비로 들어가는 것도 모자라 빚까지 내는 이유를 이제야 이해할 수 있었다.

번화한 도시일수록 그곳엔 돈 먹는 거대한 입을 가진 마귀가 산다.

딕스는 세상에서 가장 무서운 괴물이 바로 이 마귀가 아닐까 싶었다.

'역시 난 우물 안 개구리였구나.'

남들보다 자신이 크게 특별하다고 똑똑하다고 생각했던 딕스는 그것이 우매함의 발로임을 뼈저리게 느꼈다.

*   *   *

딕스 일행은 카논 자작 영지의 주도 한센을 나서고 있었다.

카논 영지의 주도를 벗어나 여러 마을을 본 딕스는 한센의 번화함과 편리함이 오직 주도에만 국한되었음을 알게 됐다.

자작 영지의 나머지 마을들은 페논과 별다를 바 없었다.

문제는 페논 영지의 주도 켄야의 실정과 카논 영지 변두리 마을 실정이 같다는 점이다.

'페논은 참으로 미개한 곳이었구나.'

절로 든 생각이었다.

끼이이익! 덜컹.

달리던 마차가 급정차했다.

무방비 상태로 안에서 꾸벅꾸벅 졸고 있던 딕스는 맞은편 벽에 이마를 세게 부딪히고 말았다.

"아얏!"

겨우 정신을 차린 딕스는 창밖으로 상체를 빼냈다.

여행을 통해 그간 많이 친숙해진 기병 넷이 무기를 쥔 자세로 전방을 쏘아보고 있었다.

'무슨 일이지?'

딕스는 자신과 가까운 위치의 기병을 불렀다.

"니코 아저씨, 무슨 일이에요?"

"마차 안에 계십시오."

딕스를 대하는 기병들의 태도는 줄곧 공손했다.

처음엔 이들의 공대가 무척이나 낯설고 이질적으로 다가왔다. 나름 고민 끝에 그 이유를 물어보니 재능자에겐 무조건 훈작의 작위가 기본적으로 내려진다는 게 공대의 이유였다.

준귀족인 아버지를 편하게 대하는 영지의 평민 아저씨들을 자주 접했던 딕스로서는 기병들의 공손함이 이상한 노릇이었다.

어쨌든 이로 인해 딕스는 신분제 사회에서 파생한 엄격한 상하 질서를 체험할 수 있었다.

아직은 이를 명확하게 인식하는 데 애를 먹곤 있었지만 적응력하면 또 딕스였다.

"무슨 일인데요?"

"도적들인 것 같습니다."

"애개, 겨우 도적이요?"

딕스는 어처구니가 없다는 표정으로 반문했다.

일행엔 소드익스퍼트 기사와 네 명의 정병이 있지 아니

한가.

이들의 싸움 실력이 어느 정도인지 눈으로 확인하지는 못했지만 엄청 대단할 것이다.

이런 자들을 어찌 한낱 도적 떼 따위가 상대하겠는가.

때문에 딕스의 얼굴에서 긴장감이나 두려움은 전혀 찾아볼 수 없었다.

오히려 호기심만 차올랐다.

딕스는 패트릭의 실력과 오러를 볼 수 있지 않을까라는 기대감을 가졌다.

그래서 그는 니코의 요청과 달리 마차 밖으로 제 발로 걸어 나오는 만행(?)을 저질렀다.

기병들이 당황하는 것은 당연했다.

딕스는 이들의 만류를 좋은 말로 물리치며 대담하게 앞으로 나섰다.

십여 명의 도적이 일행의 길목을 막고 있었다.

도적 대부분이 가죽으로 만든 옷을 입고 있었으며 그들의 손에는 검, 창, 도끼가 들려 있었다.

소드유저인 자신의 아버지가 병사 스무 명을 상대하는 것을 본 적이 있던 딕스는 아버지보다 강한 패트릭에게 저들은 식후 간식거리밖에 안 될 것이라 생각했다.

때문에 신변에 대한 위협감을 전혀 느끼지 못했다.

'기병 아저씨들은 패트릭 아저씨가 있는데 왜 다들 저리 굳은 표정일까?'

의문이 들었지만 곧 전개될 싸움 때문에 이러한 생각은 곧 털어버렸다.

그의 예상대로 도적 떼와 패트릭의 싸움이 벌어졌다.

딕스는 두 눈을 빛내며 싸움을 주시했다.

말 허리를 박찬 패트릭이 앞으로 질주했다.

예지몽에서 말을 탄 기병의 위압감을 뼈저리게 체감했던 딕스는 도적들이 느끼는 심리적 부담감과 압박감이 굉장히 클 것이라 생각했다.

'말을 탄 무장병이 돌진하는 것처럼 무서운 것도 없을 거야.'

고개를 설레설레 흔드는 소년의 표정이 딱딱해진다.

촤아아악!

대기를 가르는 날카로운 파공성이 마치 천둥소리 같다.

딕스는 옆에서 들리는 듯한 파공음에 소스라치게 놀라 뒷걸음질쳤다.

침이 절로 꿀꺽 넘어갔다.

패트릭의 검이 한 도적에게 향했다.

도적은 날렵한 동작으로 패트릭의 검을 피한 뒤 대담하게도 기사의 말을 노렸다.

패트릭의 얼굴에 당혹감이 짧은 순간 머물렀지만 왕실 근위기사대의 기사답게 놀라운 기마술로 이 공격을 피했다.

　딕스의 입에선 저도 모르게 감탄성이 튀어나왔다.

　패트릭이 소리쳤다.

　"평범한 도적놈들이 아니구나!"

　딕스는 기사의 말을 이해할 수 없었다.

　도적이면 도적이지 어찌 그 앞에 다른 수식어가 붙을 수 있단 말인가?

　딕스는 자신을 호위하며 주변을 경계하는 기병들의 굳은 낯빛을 보자 이 일이 자신이 생각하는 것 이상으로 심각한 일일지 모른다는 생각이 문득 들었다.

　민첩하고 대담무쌍한 도적 떼는 훈련받은 군사들처럼 일사분란하게 움직이며 말을 탄 기사를 상대했다.

　지면과 최대한 몸을 밀착한 도적 떼를 상대로 검은 불편한 무기였다.

　이런 자들을 베거나 찌르기 위해서는 패트릭의 상체가 아래로 한참을 내려가야 할 상황이다.

　하지만 이러한 행동은 다수인 적들의 공격에 말이 고스란히 노출될 우려가 있었다.

　도적들은 이를 이미 파악한 듯했다.

　하지만 도적들도 간과한 게 있었다.

패트릭이 소드익스퍼트란 사실이다.

그것도 중급의 실력자라는 점을.

츄아아아앙!

패트릭의 검신이 잠시 잠깐 흔들린다 싶더니 그의 검끝으로 실 같은 오러가 튀어나왔다.

딕스가 그토록 보고 싶어 했던 기사의 오러였다.

서걱!

"크아아악!"

"컥!"

"오, 오러 기사다!"

패트릭을 상대로 영악하게 잘 대처하던 도적들의 입에서 당혹성이 튀어나왔다.

딕스는 도적들의 가슴이 쩍 갈라지고 이마가 꿰뚫리는 장면을 보게 됐다.

그를 보호하던 기병들은 소년이 정신적인 충격을 받지 않을까 걱정하여 몸으로 그의 시야를 가리는 배려를 베풀었지만 이들의 대처는 한발 늦고 말았다.

선연한 붉은 핏줄기, 잘리고 뚫린 사람의 몸뚱이가 흐느적거리다 털썩 쓰러지는 섬뜩한 모습은 열두 살 여린 소년의 감성으로는 버티기 힘든 장면이었다.

걱정이 된 기병들이 소년을 돌아보았다.

딕스는 겨울 하늘처럼 시퍼런 눈빛으로 정면을 주시하고 있었다.

표정은 담담했다. 아니, 몹시 냉정하다.

기병들은 하나같이 놀란 표정으로 짙은 의문을 드러냈다.

'대체, 이 아이는?'

딕스는 냉정한 태도로 전장을 주시했다.

예지몽을 꾸기 전의 딕스라면 아마 이 장면에 크게 충격을 받았을 터였다.

아니, 처음부터 마차에서 내리지도 않았을 것이다.

도적 세 명을 처리한 패트릭의 오러 검은 무자비한 야수처럼 놈들을 베어나갔다.

상황은 곧 종료될 듯했다. 하지만 세상일이란 생각처럼 잘 풀리지 않는 법이다.

대기를 가르는 날카로운 파공음.

가늘고 긴 물체가 대기를 가를 때 내는 소리다.

딕스는 이 소리의 정체를 파악하지 못했지만 노련한 네 기병과 기사 패트릭은 파공음의 정체를 단숨에 알아차렸다.

퍽!

"크악!"

무방비 상태로 있던 마부가 화살에 맞아 바닥으로 떨어졌다.

딕스의 눈앞이었다.

기병들이 딕스를 밀착 경호했다.

어느 틈에 빼든 것인지 기병들에게 강철 원형 방패가 각자 하나씩 들려 있었다.

화살은 더 이상 마차를 향해 날아오지 않았다.

처음부터 마부를 노린 듯했다.

패트릭을 향해 화살이 집중적으로 날아들었다.

그러나 이중 그 어떤 것도 패트릭을 맞히지 못했다.

소드익스퍼트의 능력은 오러만 있는 게 아니다.

비약적으로 발전한 신체 능력과 감각이 있다.

패트릭의 검이 움직일 때마다 반 토막 난 화살이 그의 발치에 쌓였다.

그때, 길옆에 매복해 있던 자들이 일제히 소리쳤다.

"말을 노려라!"

말의 희생은 불가피했다.

패트릭이 소드익스퍼트라곤 하지만 말까지 돌보며 싸울 수는 없었다.

일곱 발의 화살이 몸에 박힌 패트릭의 말이 구슬픈 비명을 지르며 옆으로 쓰러졌다.

말이 쓰러지기 전에 패트릭은 말 등을 박찼다.

그리고 그의 몸은 어느새 화살이 날아온 길옆의 풀숲에 도착해 있었다.

"크아악!"

"컥!"

화살을 날린 자들의 입에서 비명이 터졌다.

키 높은 풀로 인해 딕스는 궁수들의 죽음을 볼 수 없었다.

풀숲에서 들려오는 비명.

빽빽한 풀대 사이를 비집고 뱀처럼 흘러나오는 붉은 액체가 상황을 연상시켰다.

몇 분이 지났을까? 비명은 더 이상 들리지 않았다.

갑옷 곳곳에 혈흔이 가득한 패트릭이 풀숲을 가르며 걸어 나왔다. 그의 얼굴 어디에도 지친 기색은 없었다.

길을 막아선 처음의 그 도적들은 이미 달아나고 없었다.

"패트릭 님, 마부가 당했습니다."

기병 니코가 기사에게 보고했다.

마부의 시신을 물끄러미 쳐다보던 패트릭은 곧 걱정스러운 표정으로 딕스를 보았다.

자신의 임무는 오직 재능자를 안전하게 왕실로 데려가는 것이다.

몸과 정신이 멀쩡한 재능자를.

냉정하지만 이 또한 패트릭의 본모습이기도 했다.

'아무렇지도 않은 건가?'

두 눈을 반짝이며 자신을 바라보는 딕스로 인해 패트릭은 겉으로 표현하지는 않았지만 내심 깜짝 놀랐다.

가축을 도살하는 장면만 봐도 벌벌 떠는 게 어린아이다.

한데 가축도 아닌 사람이 눈앞에서 죽지 않았는가.

정신적으로 큰 충격을 받아야 정상이다.

그런데 저 소년은 자신이 잘못 보지 않았다면 너무나 담담했다.

이 모습이 도리어 패트릭의 마음에 걸렸다.

상처엔 크게 두 가지가 있다. 외상과 내상이다.

외상이야 눈에 보이는 것이니 치료가 쉽게 이루어진다.

하지만 내상은 그렇지 않다. 특히 정신에 병이 생기면 손쓸 방법이 없다.

"딕스, 괜찮으냐?"

질문하는 패트릭의 음성은 긴장하고 있었다.

"아무렇지도 않아요."

흔들림 없는 눈빛과 표정, 담담한 목소리는 확실히 충격받은 이와는 거리가 먼 태도다.

패트릭은 담담한 딕스의 태도에 도리어 혼란스러워졌다.

"그, 그러냐."

말을 더 하고 싶었지만 패트릭은 참기로 했다. 일단은 이곳을 벗어나는 게 급선무였다.

*　　　*　　　*

도적 떼로부터 급습을 받은 일행은 딕스의 안전에 신중을
기했다.

금품을 노리고 덤벼든 도적 떼로 보기에는 이들의 무장과
훈련 상태가 정규군 못지않았기 때문이다. 2차 습격을 예상
하는 이유이다.

타닥타닥.

일행은 시야가 탁 트인 작은 개울가에서 노숙했다.

기병 넷이 번갈아가며 불침번을 섰다.

식량은 마차에 실렸던 것 중 일부를 가져왔기 때문에 굶지
는 않았다.

'사람들이 죽는 것을 보고도 아무렇지도 않게 식사를 하다
니. 허어.'

패트릭은 딕스를 주의 깊게 살피고 있었다.

아무리 생각해도 평범한 아이 같지 않았다.

재능자라는 특별한 수식어가 붙는 아이긴 했지만 열두 살
소년의 감성치곤 너무나 단단하다.

"불편하지 않느냐?"

"불편하지 않아요."

"그래, 흠……. 낮에 일 말이다."

아이의 반응이 일반적이었다면 패트릭은 결코 이 말을 꺼내지 않았을 터였다.

하지만 아이가 워낙 강건하게 견디자 도저히 내심의 궁금증을 참기 힘들었다.

"네?"

"혹시 사람들이 죽는 장면을 본 적이 있느냐?"

사실은 사람을 죽여본 적이 있느냐 라는 질문을 하고 싶었지만 차마 그 말은 할 수 없었다.

딕스는 패트릭이 자신을 이상하게 생각한다는 것을 조금은 알아차리고 있었다.

그러나 그 이유에 대해서는 정확하게 알지 못했다.

그 와중에 이러한 질문을 받게 되자 자신을 대하는 패트릭이나 기병들의 태도에서 느꼈던 이질감의 원인을 깨달았다.

'놀라고 당황했어야 하는 거였나?'

지금 생각해 보니 사람들의 죽음을 아무렇지도 않게 생각하는 자신이 이상하게 보일 법도 하다는 생각이 들었다.

하지만 그때는 경황이 없고 조금은 당황했던 것도 사실인지라 자신의 행동에 대한 것을 생각할 겨를이 없었다.

그렇다고 지금 와서 호들갑을 떨기에는 오히려 더 이상한 꼬맹이가 될 것 같았다.

"할아버지가 돌아가시는 것을 본 적 있어요."

"미안하구나. 괴로운 기억을 생각나게 했구나."

"아뇨, 할아버진 편안하게 돌아가셨어요."

"음······."

패트릭의 표정이 더욱더 묘하게 변했다.

도대체 이 소년의 정신 상태를 어찌 해석해야 된단 말인가? 뭐, 이번 임무를 끝내면 이 아이와 만날 일이 없을 테니 자신이 신경 쓸 바는 아니다.

그럼에도 이처럼 신경 쓰이는 것은 한센에서 보여준 아이의 천진난만하고 순수한 모습이 눈에 선했기 때문이다.

"제가 많이 이상한가요?"

정곡을 찔린 패트릭의 표정이 변했다.

딕스의 표정을 살피던 패트릭이 무겁게 고개를 끄덕였다.

"솔직히 의외였다. 너와 같은 아이가 감당하기엔 낮의 일은 상당히 충격적일 텐데 이처럼 담담할 수 있는 것이."

"저도, 음··· 놀랐어요."

신빙성이 떨어지는 소년의 말에 패트릭은 쓴웃음을 지었다.

"그러냐?"

"하지만 패트릭 기사님이 저들을 죽이지 않았다면 저들이 우리를 죽였겠지요. 그리고 우리도 피해를 입었잖아요. 마부 아저씨 말이에요."

패트릭은 딕스의 말에 설득당하는 자신을 볼 수 있었다.

어처구니가 없었다.

이 말은 자신이 소년을 위로할 때나 나올 법한 말이었다.

두 사람의 대화를 기병들이 듣곤 아이 같지 않은 소년의 냉정함에 하나같이 혀를 내둘렀다.

"그렇긴 하지. 흠."

딕스는 기사와 기병들의 표정을 살폈다.

이해는 하지만 납득은 못 하겠다는 표정을 저들에게서 보았다.

'에잇, 몰라몰라. 이런 사람이 있으면 저런 사람도 있잖아. 일일이 나를 이해해 달라고 매달릴 필요는 없는 거잖아. 뭐, 앞으로는 조심해야겠지만.'

눈앞에서 어머니와 누나가 죽고 자신이 죽는 경험을 한 사람에게 타인의 죽음이란 그냥 그들만의 죽음일 뿐이다.

오히려 자신을 해코지하려는 사람을 살려둔다는 것 자체가 찜찜하고 두려운 일이 아니겠는가.

"저, 그런데요."

"말해보거라."

"낮에 우리를 습격한 도적들이요. 제 생각엔 평범한 도적이 아닌 것 같은데요?"

징징거리는 것보단 이편이 훨씬 좋긴 하지만 소년의 나이를 감안하면 확실히 별종이긴 했다.

패트릭이 정색하며 물었다.

"어찌 그리 생각하느냐?"

"놈들이 왠지 매복하고 있었다는 생각이 들어서요."

"매복이 뭔지 아느냐?"

"제 아버지가 기사예요. 그것도 영지의 군대를 통솔하는 분이죠."

패트릭은 딕스의 아버지 로버트를 떠올렸다.

곧고 강인한 정신을 가진 사내처럼 보였다.

그런 사내라면 훈육 방법이 남들과 조금은 다를지도 모르겠다는 생각이 들었다.

왠지 소년의 지금 같은 모습이 납득이 가는 패트릭이었다.

"그렇구나. 맞다, 내 생각도 그렇다."

패트릭은 딕스를 더 이상 어린아이로 보지 않기로 했다.

차라리 그편이 혼란스럽지 않을 것 같았다.

"누굴까요? 카논 영지에서 공격을 받았으니 이곳의 영주가 보낸 잘까요?"

근 미래, 카논 자작의 군대가 페논을 공격한다.

그 빌미를 데일 그 개놈의 자식이 제공했지만 어쨌든 카논 군에 의해 자신이 죽고 가족이 몰살당하게 된다.

패트릭이 자신의 말에 동조한다면 미래를 바꿀 수도 있는 일이었다.

왕명을 수행하는 일행을 공격했다면 이는 반역을 꾀하는 것과 다를 바 없다.

딕스는 이참에 이 일이 공론화되어 카논 영지가 박살 나버렸으면 좋겠다는 사악한 생각을 했다.

때문일까? 이를 말하는 딕스의 두 눈이 유난히 빛나고 열정적이다.

"내가 판단할 일이 아니다. 추후 이 일에 대해서 보고는 하겠지만."

딕스는 카논의 영주를 범인으로 몰아가고 싶었지만 너무 앞서 나가면 도리어 이상해 보일 것 같아서 꾹 참았다.

"네, 그럼 앞으로 어떻게 하실 건가요?"

"하루만 더 가면 중앙군이 주둔하는 요새가 있다. 그곳에서 도움을 받을 생각이다."

패트릭의 말에 딕스는 내심 머리를 굴렸다.

'아까 마을을 그냥 지나친 걸 보면 패트릭 기사님도 카논 영주를 의심한다는 걸까?

흐뭇해졌다. 아니, 기뻤다.

아버지를 설득해 페논을 떠나게 할 수 없다면 카논을 제거하는 이 방법도 나름 괜찮았다.

이 일로 인해 카논이 어찌 되든 그건 그들의 일이다.

좀 미안한 감정이 없지 않아 있지만.

"그렇군요, 알겠습니다. 전 피곤해서 이만 잘게요."

패트릭의 시선이 점점 거북해진 딕스는 피곤을 핑계로 잠자리에 들었다.

딱딱한 바닥이 불편했지만 이를 불평할 수는 없었다.

'데일 그 자식을 없애는 게 젤 좋은데. 무슨 방법이 없을까?'

개망나니 데일이라면 또 다른 적을 만들지 모를 일이다.

확실히 그를 제거하는 방법이 가장 안정적이고 마음도 편할 것이다.

패트릭은 돌아누운 딕스를 뚫어지게 응시하더니 이내 고개를 내저었다.

소년은 마치 카논 자작 영지를 세상에서 지워 버리고 싶어하는 듯한 기색을 짧은 순간 보였다.

하지만 이 소년이 그런 마음을 가질 이유가 없었다.

듣기로 이 소년은 단 한 번도 페논을 떠난 적이 없었다고 했다.

그런 소년이 어찌 카논가(家)와 원한이 있겠는가.

'내가 너무 예민해졌군.'

패트릭은 자신의 생각을 부정하며 고개를 절레절레 내저었다.

제3장

누군가 나를 노린다

딕스 일행은 카논 영지를 벗어났다.

또 다른 공격이 있을까 봐 일행 모두 긴장했지만 다행히 그
같은 일은 벌어지지 않았다.

중앙군 동부 5군단, 함블 요새.

점심시간이 한참 지난 후에 딕스 일행은 요새 밖에 위치한
마을에 도착했다.

이 마을은 직업군인들의 가족과 그들을 상대로 장사하는
상인들의 가게가 모이면서 형성됐다.

치안은 요새의 군인들이 맡고 있었다.

함블 요새가 있는 이곳은 빈센트 백작 영지 내에 있었다.

그러나 요새와 마을은 영주의 지배를 받지 않았다.

마을 어디에서든 함블 요새를 볼 수 있었는데 높고 단단한 성벽, 높은 망루, 그리고 마을 어디서나 무기를 휴대한 군인들을 흔하게 볼 수 있었다.

보통 군인이라 하면 거칠다는 인식이 지배적이다.

이 때문에 평민들은 군인들이 많은 곳을 달가워하지 않았다.

하지만 이 마을 사람 대부분이 군인 가족이거나 이들과 연관된 자이기 때문에 군인을 불편해하지 않았다.

군인들 역시 마을 주민의 대부분이 전우의 가족이란 인식 때문인지 행동이 다들 점잖았다.

"니코, 자네는 딕스 군을 데리고 저 식당에 가 있게."

"네."

패트릭은 일행을 남겨두고 홀로 요새로 들어갔다.

일행은 널찍한 식당 창가에 자리를 잡았다. 점심시간이 지나서인지 식당은 한산했다.

"반갑습니다. 주문하시겠어요, 하사관님?"

얼굴에 주근깨가 많은 빨강 머리 소녀가 다가와 메뉴판을 내밀었다.

니코를 포함한 3인의 기병은 다들 중앙군 복장을 하고 있었다.

다른 곳이라면 사람들의 이목을 끌기에 충분했지만 이곳에선 특별날 것도 없었다.

참고로 중앙군 기병들은 모두 하사관이다.

고급 전투병과이다 보니 모두 직업군인으로 복무시킬 수밖에 없는 탓이다.

메뉴판을 받아 든 니코는 이를 딕스에게 건넸다.

순간 종업원의 눈빛이 반짝거렸다.

메뉴를 고를 수 있는 위치는 무리에서 가장 신분이 높은 자를 의미한다.

딕스는 메뉴판을 살폈다.

그런데 그의 눈이 점점 커졌다.

'여기도 비싸네. 식당은 다들 이런가? 식당 하면 떼돈을 벌겠구나!'

메뉴판에서 가장 저렴한 음식 4인분이면 아버지가 주신 돈 절반을 토해내야 할 판이었다.

뭐, 어린 자신이 이를 내지는 않겠지만 검소하게 자란 탓에 한 끼 식사로 이런 돈을 지불해야 한다는 게 몹시 아까웠다.

"전 훈제 닭고기랑 샐러드요."

집에서는 일 년에 한 번 먹을까 말까 한 닭 요리다. 그것도 조금. 하지만 고향을 떠난 지금은 수시로 먹고 있다.

등 따시고 배부른 인생. 근 미래에 대한 걱정만 없다면 천국이 따로 없을 텐데.

딕스의 주문이 끝나자 네 기병도 각자 먹을 음식을 주문했다.

주문을 받아 든 여종업원이 잠시 딕스를 홀끔거리더니 주방 쪽으로 갔다.

"저기, 니코 아저씨."

"편히 말씀하십시오, 딕스 님."

자신보다 나이가 많은 사람이 꼬박꼬박 '님' 자를 붙여주자 딕스는 상당히 부담스러웠다.

하지만 이러한 삶이 앞으로는 일상이 될 터였다.

어깨에 절로 힘이 들어가는 소년이다.

"저… 중앙군 하사관은 봉급이 얼마나 되나요?"

물로 목을 축이던 니코와 세 기병은 사레가 걸려 연방 콜록거렸다.

소년이 설마 이런 질문을 할 것이라곤 상상조차 안 했기 때문이다.

하지만 딕스가 궁금하게 여기는 것에는 다 이유가 있었다.

후일 하사관이 될 작은형 마크의 벌이가 궁금해서였다.

"기본급이 15실버쯤 됩니다. 이걸로는 수도에서 생활하기 힘들죠. 별도의 수당이 있어 겨우겨우 산답니다. 하하."

"그렇게 많이 받아요?"

딕스는 깜짝 놀랐다.

자신이 영지의 수습 주사보로 취직해서 받은 첫 월급이 600쿠론—100쿠론이 1실버—이었다.

소년이 아는 한 보통 평민 가정의 한 달 생활비는 7~8실버. 딕스가 자란 페논 같은 경우 5실버면 5인 가족이 한 달을 살 수 있었다.

물론 이는 하루 두 끼, 허기만 간신히 면할 정도로 먹고 그 외 일체의 비용을 쓰지 않았을 때 가능한 이야기다.

하지만 딕스의 고향 사람 대부분은 이러한 삶을 당연하게 받아들이며 살고 있다.

"많긴요. 패트릭 기사님 같은 경우는 골드 단위로 받으시는데요. 하하."

딕스는 페논의 기사로 근무하시는 아버지의 봉급이 한 달 2골드란 것을 알고 있었다.

그 돈 대부분이 큰형의 학비로 들어가고도 빚을 내야만 했다.

아버지가 받는 봉급을 최저 기준으로 잡고 패트릭의 월급을 대충 산정해 봤다.

패트릭은 익스퍼트 기사다.

또한 왕실 근위기사대니 아무래도 자신의 아버지보단 훨

씬 많은 봉급을 받을 것 같았다.

"5골드쯤 되나요?"

큰 인심이라도 쓰듯 물어오는 딕스의 천진함에 기병들이 배꼽이 빠져라 웃어댔다.

그러다 딕스의 뚱한 표정을 보곤 금세 그 웃음을 삼켰다.

"죄송합니다, 딕스 님."

"제 말이 웃겼나요?"

"아, 아닙니다. 사실 5골드란 금액이 적은 건 아니죠. 하지만 패트릭 기사님 같은 분이 어찌 5골드만 받겠습니까?"

"그, 그럼?"

"제가 듣기론 이런저런 수당과 기본급을 합쳐 한 달에 50골드쯤 받으신다고 들었습니다."

니코의 말에 딕스는 넋이 빠져 나가는 기분을 느꼈다.

50골드면 페논에선 커다란 집 한 채와 작은 농지까지 살 수 있는 거금이다.

그런 돈을 한 달 월급으로 받는 사람이 실제로 존재한다는 사실이 도저히 믿어지지 않았다.

딕스는 니코가 자신을 놀리려고 그러나 싶어 그의 표정을 살펴보았으나 그런 기미는 전혀 찾을 수 없었다.

'패트릭 경은 엄청난 부자였구나.'

딕스의 작은 얼굴에 부러움이 가득했다.

"어서 오게, 패트릭!"

함블 요새의 사령관 케이네 레오트 백작은 환한 얼굴로 패트릭을 맞이했다.

"오랜만입니다, 선배님."

"내 자네 소식은 얼마 전에 들었다네. 근위기사대에 들어갔다며?"

"네, 공왕 전하께서 어여삐 여기시어 발탁해 주셨습니다."

"하하하. 예나 지금이나 자네의 겸손함은 변함이 없구먼. 뭐, 그게 자네의 매력이긴 하지. 한데 수도에서 이 먼 곳까지 무슨 일인가? 나를 보려함은 아닐 테고?"

"공무 수행 중입니다."

패트릭의 말에 케이네 백작의 상체가 앞으로 향했다.

왕실 근위기사대의 기사가 이 먼 변방까지 내려왔다는 말은 심각한 일이 발생했다는 의미였다.

'반역의 조짐이라도 있는 건가?'

자신의 생각이 맞다면 이는 전군에 비상령을 내려야 할 판이다.

케이네 백작의 표정이 심각하게 군자 패트릭은 그가 지나치게 확대해석하는 것으로 판단했다.

"이번에 재능자가 발견됐습니다, 선배님."

"재능자? 아! 그래서 자네가 온 건가?"

케이네 백작은 우려했던 일이 아니라 한시름 덜었다는 안도의 표정을 지었다.

"그렇습니다."

"하면 가는 길인가? 오는 길인가?"

"오는 길입니다."

"공무 수행 중인 자네가 이리 날 방문한 것은 뭔가 문제라도 생겼다는 의미 같은데. 맞는가?"

재능자의 가치는 매우 높다. 그들이 마법사가 된다면 이는 국가의 전력이 그만큼 강력해진다는 의미다.

과거, 왕실의 권위가 실추되었을 당시 재능자 영입을 두고 치열한 암투가 전국에서 벌어졌었다. 지금은 왕권이 반석 위에 올라선 상태라 영주들의 그 같은 작태는 거의 사라졌다.

패트릭이 정색하며 습격받은 사실을 털어놓았다.

"오다가 습격을 받았습니다. 도적 떼로 위장했지만 놈들의 움직임과 수법은 정규병을 상회할 정도였습니다."

"음, 어디서 공격을 받았는가?"

"카논 자작 영지에서 받았습니다."

케이네 백작의 두 눈이 찢어지지 않을까 염려될 만큼 커졌다.

"카논이면 헝프 자작의 영지 아닌가? 헝프 자작의 인물됨을 내 아는데 그럴 인물이 아닌데."

"저도 알고 있습니다."

"음……. 자네 의심 가는 자라도 있나?"

이 땅의 지존인 공왕의 명을 수행하는 기사를 공격한 행위는 반역죄에 해당한다.

개인이든 세력이든 피를 볼 일이다.

때문에 케이네 백작은 이 일이 일파만파로 번질까 싶어 우려를 나타냈다.

"이렇다 할 단서는 찾지 못했습니다."

"그렇군. 그럼 내가 도울 일은 뭔가?"

"병력을 빌려주십시오. 재능자의 안전한 호송이 우선입니다."

"그리하겠네. 재능자를 잃을 순 없는 일이지. 참, 오늘은 내 집에서 쉬게."

"그리하겠습니다, 선배님."

두 사람은 이후 사담을 나눈 뒤 저녁에 보기로 하고 헤어졌다.

*　　　*　　　*

딕스는 지체 높은 귀족인 케이네 백작 앞에 서자 몸과 마음이 크게 떨렸다.

케이네 백작은 딕스의 아래위를 훑어보다 언뜻 드러난 소년의 미간을 보곤 고개를 주억거렸다.

재능자의 특징은 역시 미간의 문장!

저 문장이야 말로 재능자와 마법사의 신분증이다.

백작은 부드러운 태도로 그에게 관심을 표했다.

"이름이 뭔가?"

"폐논 영지의 기사 로버트의 아들 딕스입니다. 백작님."

"그렇군, 반갑네."

백작은 집사를 시켜 준비한 음식을 내오게 했다.

케이네 백작은 영지가 없는 수도 출신 귀족으로 그의 가족들은 모두 수도에 살고 있었다.

그래서 넓은 이 집엔 백작과 일꾼들밖에 없었다.

하녀들이 식탁에 음식을 차렸다.

식당에서도 보기 힘든 먹음직스러운 음식들이었다.

"들게."

넓은 식당엔 세 사람뿐이다.

케이네 백작과 패트릭, 딕스.

백작의 시선이 자주 오자 딕스는 음식이 입으로 들어가는

지 코로 들어가는지 정신을 차릴 수 없었다.

딕스는 식사 내내 코앞의 음식에만 집중하려고 노력했다.

반면 백작과 패트릭은 이러저런 일들을 이야기했다.

그러다 두 사람이 수도 왕립 아카데미 출신이란 말이 나왔다.

딕스의 귀가 번쩍 뜨이는 것은 두말할 필요가 없었다.

소년의 반응에 백작이 관심을 보였다.

"왕립 아카데미에 관심이 있나?"

백작이 묻자 딕스는 고개를 저었다.

큰형의 학비와 생활비를 충당하느라 집안 전체가 휘청거리고 있다.

그런 곳에 자신이 들어갔다간 기둥뿌리를 뽑아야 할 것이다. 아직 뽑을 기둥뿌리가 남아 있다면 말이다.

"제 큰형이 왕립 아카데미 학생입니다."

"그래? 수재구먼."

왕립 아카데미 출신답게 케이네 백작은 아카데미에 대한 애정이 각별했다.

이는 패트릭도 마찬가진 듯 그는 처음으로 딕스에게 사적인 감정을 내보였다.

"네, 큰형은 장학금까지 받아요."

딕스는 자신의 일인 양 크게 기뻐하며 자랑스럽게 대답했다.

소년의 자랑에 두 사람은 부드럽게 웃었다.

패트릭은 살인을 목격하고도 멀쩡했던 소년의 정신 상태가 매우 안 좋을지 모른다는 생각을 했다. 한데 이 모습을 보자 자신의 생각이 한낱 기우가 아닐까라는 생각이 들었다.

지금의 이 소년은 누가 보더라도 천진난만했다.

"어느 학부에 다니는가?"

"기사학부에 다니고 있습니다. 지금 5학년에 재학 중입니다."

"기사학부라고?"

학연, 지연, 혈연은 인간 사회에서 빠질 수 없는 가장 중요한 인맥 형성의 연결 고리다.

사람의 팔 구조에서도 나타나듯 밖으로 굽는 팔은 없다.

케이네 백작과 패트릭 역시 기사학부 출신이다 보니 딕스의 형에 대한 호감을 갖게 됐다.

한 해 기사학부 졸업생이 어디 한둘이겠느냐마는 이처럼 자신의 두 귀로 듣는 것과는 천지 차이다.

더욱이 상대가 재능자의 형인데다 같은 학부의 후배라니 더욱 호기심이 간다.

딕스는 자신의 큰형 테일을 이들에게 소개하는 일이 장차 큰형에게 어떤 영향을 끼칠지 전혀 모르고 있었다.

지금 이 순간 딕스는 큰형을 자랑하는 데 여념이 없었다.

"대단하군, 대단해. 자네 부친은 자식 농사를 잘 지었군. 잘 지었어. 허허."

딕스는 자신이 너무 흥분해서 고급 귀족인 백작에게 큰 결례를 저지른 게 아닐까 싶어 더럭 겁이 났다. 다행스럽게도 자신을 나무라거나 언짢아하는 기색이 없어 보여 안도할 수 있었다.

"그런 수재라면 졸업 후에 근위기사대의 수습 기사로 일해도 손색이 없겠구먼. 안 그런가, 패트릭?"

"그러게요. 하하."

두 사람의 말에 딕스는 큰형이 든든한 연줄을 잡았다는 사실을 그제야 깨달았다.

'어라, 이리되면 큰형이 죽을 일은 없어지는 건가?'

예상하지 못한 전개에 딕스는 몹시 흥분했다. 그는 두 눈을 초롱초롱 빛내며 두 사람의 이야기를 경청했다.

식사 시간 내내 주제는 딕스와 그의 큰형이 주가 되었다.

딕스는 큰형이 왕실 근위기사대에 들어가면 좋겠다는 일념에 형을 자랑하느라 침이 마를 지경이었다.

그럼에도 형에 대한 그의 자랑질은 멈추지 않았다.

'입에서 단내가 나네. 휴우.'

                    *   *   *

딕스는 저택의 하녀가 안내한 자신의 방에 들어왔다.

여관방보다 훨씬 크고 좋은 방이었다.

고향 집을 통째로 들여놔도 남을 정도로 방은 넓었고 가재도구가 너무 고급스러워서 손대는 것 자체가 부담스러울 지경이었다.

"이런 세상도 있구나!"

재능자로서의 능력이 발견되지 않았다면 평생 상상조차 하지 못할 호사스러운 방이다.

더욱이 백작이란 엄청난 고급 귀족의 식사 초대까지 받았다.

딕스는 우쭐해지는 마음을 주체할 수 없었다.

이런 소년의 마음에 작은형 마크가 살짝 걸린다.

"작은형도 자랑할 걸 그랬나?"

군단장인 케이네 백작에게 잘만 말하면 작은형의 출셋길도 열릴 듯싶었지만 차마 그럴 수는 없었다.

그에게도 양심이란 놈이 조금은 남아 있었다.

"그리고 보면 재능자란 게 엄청 대단한 거 같구나!"

그 자신이 재능자라는 사실이 알려지자 세상은 온통 따뜻하고 아름다운 핑크빛으로 변했다.

'반드시 마법사가 되겠어!'

가족을 지키겠다는 절박하고 단순한 소년의 일념에 출세라는 목표가 새롭게 추가된다.

자신의 승승장구가 곧 가족의 일이기도 하니 꿈을 원대하게 갖기로 했다.

이런 마음이 들자 딕스의 마음에 드리웠던 데일이란 먹구름은 작은 손바람에도 흩어질 하찮은 것으로 점차 바뀌었다.

"이건 침대가 맞긴 맞는 건가?"

손으로 침대를 살짝 눌러본 뒤 엉덩이를 조심스럽게 실은 딕스는 깜짝 놀랐다.

마치 구름에 엉덩이를 대고 있는 듯했기 때문이다.

온몸을 다 실었다간 침대 밑으로 쏙 빠지는 게 아닐까 싶어 더럭 겁이 날 정도였다.

딕스는 고향에 계시는 부모님과 누나가 떠올랐다.

이 멋진 침대를 모두에게 선물하고 싶었다.

상점에서 본 예쁜 옷들과 장신구로 그녀들의 전신을 도배하고 싶었다.

또한 아버지의 낡은 외투와 여러 번 수선한 탓에 누더기처럼 변한 구두도 가장 좋은 것들로 바꿔주고 싶었다.

이를 상상하는 딕스의 눈은 초승달이 됐다.

'괜히 미안해지는구나.'

현실로 돌아온 딕스의 표정이 다소 어두워졌다.

그는 널찍한 테라스로 나왔다.

밤하늘의 별이 쏟아질 듯 머리 위에 떠 있었다.

저 별을 따다가 어머니와 누나에게 주고 싶었다.

혹시 될까 싶어 까치발을 해서 손을 뻗었다.

안타깝게도 별은 잡히지 않았다.

"나중에 저 별보다 더 예쁜 보석들을 어머니와 누나에게 선물하겠어! 그리고 백작님의 식당에서 봤던 그 멋진 검을 사서 아버지께 드려야지."

딕스는 두 눈을 감고 또다시 상상의 나래를 활짝 펼쳤다.

소년의 입가엔 매우 흡족한 미소가 걸려 가시질 않았다.

그때, 그의 척추를 타고 서늘한 감각이 전신을 훑고 지나갔다.

정신이 번쩍 든 딕스는 주변을 살폈다.

불빛 근방엔 병사들이 경비를 서고 있었다.

그러나 불빛이 닿지 않는 어둠에서는 마수라도 금세 튀어나올 듯 위험천만해 보였다.

딕스의 손은 어느새 호주머니 속으로 들어갔다.

큰형 테일이 생일 선물로 준 손칼의 손잡이를 힘주어 잡았다.

어둠을 주시하며 딕스는 천천히 뒷걸음질했다.

과대망상일지 모르나 저 어둠 속에서 뭔가가 곧 튀어나올 것만 같았다.

자신의 꿈과 행복을 훼손할 악의로 가득 찬 것들이.

딕스는 커다란 창문을 닫고 쇠고리를 채운 뒤 급히 커튼을 치고 커튼 틈새로 눈을 밀착시켰다.

그러곤 서늘한 기분을 느끼게 만든 곳을 집중해서 노려보았다.

눈에 보이는 이렇다 할 조짐은 없었지만 마음에 달라붙은 끈적끈적한 불안감은 좀처럼 해소되지 않았다.

사람들에게 부탁해서 저 어둠 속을 살펴보게 하고 싶어졌다.

딕스의 손은 어느새 예지몽에서 끊어졌던 자신의 척추로 향했다.

불에 덴 듯 화끈함이 느껴졌다.

'기분이 너무 안 좋아! 환경이 달라져서 그런 건가?'

케이네 백작이 그에게 제공한 방은 지나치게 크고 화려했다.

그래서 이곳에 서 있는 것 자체가 어색하고 불편했다.

하지만 이것은 어색한 감정은 될지언정 불안감을 조성할

이유는 되지 않는다.

커튼을 쥐고 있는 딕스의 손에 힘이 들어갔다.

손바닥은 그가 인식할 사이도 없이 어느새 축축해졌다.

'이런 기분으론 도저히 못 자겠어. 겁쟁이로 보이겠지만 패트릭 경과 같이 자야겠다.'

딕스는 방에 불을 끈 뒤 복도 끝에 위치한 패트릭의 방문을 조용히 노크했다.

패트릭이 의아한 표정으로 딕스를 맞이했다.

"무슨 일인가?"

"잠이 안 와서요."

근거 없는 불안감을 패트릭에게 얘기할 순 없었다.

자신이 두려움을 느낀 어둠 속에 불청객들이 숨어 있다면 문제의 소지가 없겠지만 이를 조사한 뒤 그곳에 아무도 없다는 게 밝혀지면 소심하고 겁 많은 녀석으로 평생 찍힐 터였다.

이것이 두려운 것은 아니지만 이왕이면 좋은 인상을 남기고 싶었다.

또한 저녁 식사 내내 자랑한 큰형보다 못한 동생이란 소리도 듣고 싶지 않았다.

"들어오게, 나도 잠이 좀 안 오는군."

패트릭은 딕스의 행동에 의문을 느꼈지만 원인에 대해서

꼬치꼬치 캐묻지는 않았다.

그가 살핀 소년의 두 눈은 분명 두려움을 내포했다.

그것이 어디서 기인한 것인지 원인은 모르지만 소년을 보자 집에 두고 온 딸아이가 문득 생각났다.

여자아이가 아닌 남자아이라면 자신의 두려움을 들키는 일을 매우 싫어하리라.

패트릭은 딕스가 도적 떼의 주검을 보고도 멀쩡했던 게 실은 속으로 삭인 것일지 모른다는 생각이 들었다.

'당시엔 나를 배려한 것인가?'

패트릭은 이러한 오해를 하고 있었다.

하지만 이 오해로 인해 패트릭은 딕스란 소년이 더욱 마음에 들었다.

몸은 튼튼하지 못할지언정 마음만은 사내답다.

이러한 인식이 그에게 박힌 것이다.

딕스와 패트릭은 두어 시간 이런저런 대화를 나누었다.

그러다가 어느새 딕스는 잠이 들었다.

소파에 몸을 묻고 자는 딕스를 자신의 침대로 옮겨준 패트릭은 긴 소파에서 잠을 청했다.

그의 입가에는 부드러운 미소가 걸려 있었다.

*　　　*　　　*

늦게 잠을 잔 덕분에 딕스는 아홉 시쯤 일어났다.

이 방의 주인인 패트릭은 보이지 않았다.

잠시 멍한 표정으로 주변을 둘러보던 딕스는 자신의 방으로 향했다.

손잡이를 비틀어 돌린 뒤 방 안으로 소리 없이 스며든 딕스는 테라스로 나가는 출입구 창문을 보았다.

분명 어젯밤에 한 치의 틈도 없이 쳐놓았던 커튼이 살짝 벌어져 있었다.

하녀가 와서 손댔을 수도 있는 일이다.

스스로 납득할 수 있는 이유를 생각한 딕스는 커튼을 일단 젖혔다.

멈칫!

'이건?

쇠고리가 반듯하게 잘려 있었다.

커튼은 하녀가 손댈 수 있다.

창문을 열어놓는 행위도 할 수 있다.

하지만 쇠고리는 하녀가 잘랐다고 절대 생각할 수 없다.

딕스의 표정이 핼쑥해졌다.

누군가 자신을 지켜보는 것처럼 뒤통수가 갑자기 서늘해졌다.

황급히 몸을 돌려 세운 딕스는 방 안을 살폈다.

다행히 사람의 흔적은 없었다.

두근두근.

불길한 상상이 뭉게구름처럼 그의 내면에서 솟구쳤고 심장은 마치 미친 망아지처럼 날뛰기 시작했다.

'어떤 개자식이야!'

두려움의 반발로 욕설이 나왔다.

잠시 멈칫했던 딕스는 창문을 힘차게 밀어젖혔다.

땡그랑.

절단 난 쇠고리가 대리석 바닥을 때렸다.

이 소리에 그는 크게 놀라 움찔했다.

꽉 쥔 그의 작은 주먹은 어느새 식은땀으로 축축해졌다.

딕스는 어젯밤에 보았던 곳으로 시선을 던졌다.

그곳은 키 높은 정원수로 빽빽했다.

한낮이라도 사람이 몸을 숨긴다면 잘 찾아낼 수 없을 듯했다.

"딕스 군, 여기 있었군."

바짝 긴장한 채 정원수들이 밀집한 곳을 바라보고 있는데 누군가가 불렀다.

딕스를 부른 이는 패트릭이었다.

자신의 방에 소년이 없자 혹시나 하고 이 방으로 온 것이다.

딕스를 향해 걸어오던 패트릭은 발밑에서 반짝이는 쇠붙이를 보고 걸음을 멈추었다.

그는 자연스러운 동작으로 쇠붙이를 집어 들어 살폈다.

패트릭의 표정이 점점 굳어지기 시작했다.

"이건?"

패트릭은 번개 같은 움직임으로 딕스를 자신의 등 뒤로 숨긴 뒤 전방을 예리한 시선으로 주시했다.

테라스 아래엔 교대하는 병사들과 하녀와 하인이 오가고 있었다.

이곳의 일상적인 모습이었다.

패트릭은 잔뜩 굳은 표정으로 천천히 몸을 돌렸다.

어젯밤 소년이 자신을 찾아온 것은 자신에게 닥칠 불행을 알아채고 피한 것이다.

심증이 아닌 확신이 들었다.

'대체 이 아이는?'

재능자가 어디 딕스 한 사람뿐이랴. 하지만 그 어떤 재능자도 소년과 같은 위기 감지 능력은 없었다.

소년은 마치 항구에 정박한 배가 침몰할 것을 알고 미리 대피하는 생쥐처럼 앞날의 위험을 간파하고 이를 피해냈다.

이걸 어찌 받아들여야 할지 좀처럼 갈피를 잡을 수 없었다.

상식적으로 이러한 일이 가능한 걸까? 자신의 해석이 너무 지나친 게 아닐까 등등.

패트릭의 머릿속은 딕스로 인해 크게 혼잡해졌다.

놀라움은 딕스 역시 마찬가지였다.

아니, 패트릭보다 오히려 더했다.

'누군가 나를 노리고 있어!'

온몸에 소름이 돋고 머리털이 쭈뼛 선다.

핑크빛 아름다운 세상이 갑자기 칙칙하게 변하더니 온몸에 달라붙었다.

두려움이 가슴 저 깊은 곳에서부터 맹렬하게 솟구친다.

그래서일까? 패트릭의 목소리가 수천 마리의 벌이 날갯짓하는 것처럼 들렸다.

*   *   *

딕스 일행은 케이네 백작이 지원한 병력의 호위 속에 움직였다.

쇠고리의 파손은 딕스, 패트릭, 케이네 백작만 알고 일단 넘어가기로 했다.

딕스는 자신을 노리는 자들이 누굴까? 라는 의문에 사로잡혔다.

이러한 의문은 패트릭 역시 마찬가지였다.

'대체 어떤 놈들이지?'

소년은 생각하면 할수록 불안하고 가슴 한편이 몹시 서늘했다.

현재의 자신은 아무런 힘도 없는 나약한 어린아이에 불과하지 않은가.

패트릭과 병사들의 보호가 없다면 언제 죽을지 모를 위험한 처지.

'뭔가 일이 단단히 꼬여가는 것만 같아. 이 일이 설마 가족들에게까지 영향을 미치는 건 아니겠지?'

자신은 패트릭과 병사들의 호위를 받고 있으니 경솔한 짓만 하지 않으면 안전에 문제가 없다.

하지만 고향에 남은 가족들은 사정이 다르다.

그렇다고 가족의 안위를 위해 패트릭에게 그들을 보호해 달라는 것도 말이 되지 않는 노릇이었다.

이럴 때 자신이 마음대로 부릴 수 있는 힘센 부하들이 있었으면 좋겠다는 생각이 들었다.

하지만 그런 부하를 두려면 그들을 책임질 수 있는 경제적인 수단이 있어야 한다.

문제는 소년이 가진 것이라곤 재능자라는 지위뿐이라는 것이다.

'나만 강해서 될 일이 아니야.'

새로운 인식이 소년의 머릿속에 새롭게 각인되고 있었다.

*   *   *

함블 요새를 떠나 한참을 이동한 딕스 일행은 작은 강변에 도착했다.

케이네 백작의 병사들이 호위로 따라와서 일행의 수는 50명에 이르렀다.

이 많은 인원을 수용하기에 저만치 있는 마을은 너무 작았다.

그래서 패트릭의 명령으로 강변에 작은 군영을 차릴 수밖에 없었다.

"딕스 님, 여기 식사 가져왔습니다."

기병 니코가 따뜻한 음식이 든 식판을 그에게 건네줬다.

식판은 군대에서 쓰는 사각형의 양철판이다.

"고마워요. 니코 아저씨."

"별말씀을요."

"아저씨도 식사하셔야죠."

패트릭은 수도에서부터 대동한 기병 니코, 델, 벅, 빅을 딕스의 지근거리에 머물게 했다.

케이네 백작이 붙여준 군사들이 있긴 했지만 소년이 편하게 대할 수 있는 자들을 고르다 보니 이들을 선택할 수밖에 없었다.

"고마워요."

니코는 순박한 웃음을 지어 보인 뒤 자신의 식판을 갖고 소년과 가까운 곳에 자리를 잡았다.

"니코 아저씨, 카라힐은 어떤 곳인가요?"

우물우물. 꿀꺽.

음식을 삼킨 니코는 자신이 아는 카라힐에 대해서 설명했다.

촌놈이라면 누구나 동경해 마지않는 그런 이야기가 전부였다.

"아저씨, 수도에 하사관 양성소가 있나요?"

"네, 있습니다. 저도 하사관 양성소 출신입죠."

"그래요?"

"한데 하사관 양성소는 왜 물으시는 건지?"

딕스는 작은형 마크에 대해 니코에게 말해주었다.

"제 작은형이 하사관 양성소에 입소한다고 했거든요."

"아! 딕스 님의 작은 형님이 제 후배가 되겠군요. 이런 인연이. 하하. 제게 이름을 알려주시면 편의를 봐드리도록 하겠습니다. 제 자랑은 아니지만 동기들이 그곳에 교관으로 있거든요. 한데 어느 병과인지?"

"병과요?"

전 아무것도 몰라요! 라는 표정으로 딕스가 반문하자 니코가 웃으며 설명했다.

"하사관 양성소엔 보병, 기병, 궁병, 공병, 행정병과 이렇게 다섯 학과가 있습니다. 전 기병학과 출신입니다. 그렇다고 기병학과에만 제 동기 교관들이 있는 게 아니니 어느 병과인지 말씀하시면 제가 딕스 님의 형님이 양성소에서 편히 생활하도록 도와드리겠습니다. 사실 양성소 생활이 신병 교육대처럼 군기를 심하게 잡거든요. 그래서 중도 탈락자가 많이 생기지요."

신명나게 설명하는 니코의 표정엔 자부심이 가득했다.

'이래서 사람은 인맥이 중요하다는 거구나!'

딕스가 이런 생각을 하고 있을 때 니코 역시 소년과 비슷한 생각을 하고 있었다.

이런 니코의 마음속엔 수도에 돌아간 뒤 동기들을 닦달해서라도 소년의 작은형이 편히 양성소 생활을 할 수 있도록 적극 도울 결심을 했다.

한쪽에서 이들의 말을 듣고 있던 델, 벅, 빅, 역시도 딕스의 형 마크가 편히 양성소 생활을 할 수 있도록 전력을 다해 돕겠다며 자청했다.

마법사란 거물이 될 소년과 인연을 맺어두어 나쁠 건 없다.

또한 그 가족과 인연을 맺어둔다면 후일 든든한 배경이 될 터였다.

세상살이란 다 이렇게 서로 돕고 돕는 과정 중에 그들만의 결속력이 만들어지는 것이다.

딕스는 네 기병이 자신에게 연줄을 대려고 한다는 것도 모른 채 마냥 기뻐하며 이들에게 감사를 표했다. 그러나 소년보다 더 기뻐하는 것은 오히려 네 기병이었다.

이처럼 딕스는 자신도 알지 못하는 가운데 큰형 테일과 작은형 마크의 인생에 크게 관여하며 그들의 운명을 바꾸고 있었다.

*   *   *

케이네 백작의 군사들이 일행에 합류한 뒤로 이렇다 할 일은 발생하지 않았다.

하긴 정규군 수십 명이 이동하는데 이를 막을 배포를 가진 이가 과연 몇이나 되겠는가.

덕분에 딕스는 신변에 불안감을 느끼지 않고 동부를 벗어나 중부에 도착할 수 있었다.

동부와 중부를 연결하는 관문도시 헤라.

패트릭은 시청에 들러 일행이 모두 머물 수 있는 관사를 신청했다.

거처는 바로 배정됐다.

"이곳에서 머무시면 됩니다. 필요하신 것은 얼마든지 말씀하십시오."

시청에서 나온 관료가 허리를 깊이 숙이며 패트릭에게 인사했다.

왕실 근위기사대에 소속된 패트릭은 딕스가 생각하는 것 이상으로 막강한 권력을 갖고 있었다. 물론 공왕 직영지에 한해서다.

근위기사대 자체가 공왕을 지근거리에서 호위하는 자들이다 보니 이들의 말 한마디에 따라서 직영지 관료들의 출셋길이 닫힐 수도 있고 열릴 수도 있었다.

더욱이 지금은 공무를 수행 중이지 않은가.

이러니 관료의 아부는 당연한 노릇이다.

관료가 딕스를 흘끔거리며 안면을 익히길 원했지만 소년은 관사 구경에 이미 정신이 팔려 있었다.

'우와! 이런 집도 있다니!'

시청에서 배정한 곳은 시청 소유의 저택이었다.

이곳은 중앙의 고위 귀족이나 권력의 핵심에 위치한 감찰관들을 위해 마련된 곳이다.

이러니 건물과 정원이 웅장하고 아름답지 않을 수 없었다.

딕스는 크고 아름다운 분수와 커다란 연못이 정원에 있는 게 신기했다.

특히 연못 중앙에 있는 정자와 이를 잇는 구름다리에 눈길이 쏠렸다.

소년에겐 저택에서 가장 좋은 방과 두 명의 젊고 아름다운 하녀가 배정됐다.

이들은 잠자리 시중까지 드는 여자이다.

물론 잠자리 수발이 어떤 것인지에 대해 딕스는 알지 못한다.

소년에게 그 영역은 아직 멀고 먼 미지의 세상이다.

'불편한데.'

저택에서 배정한 하녀들은 소년이 살던 마을에서는 좀처럼 보기 드문 대단한 미녀이다.

거기다 그녀들의 옷차림은 보기 민망할 정도로 몹시 검소했다.

저 드러난 상하의 부드러운 우윳빛 맨살.

남자에게 그녀들의 자태는 거대한 기름과 같다.

하나 여기 그녀들을 바라보는 소년에게 두 하녀의 헐벗은 패션은… 설명하기 애매한 불편함일 뿐이다.

여색에 눈을 뜬 성인 남자라면 어떻게든 이 기회를 놓치지 않고 제 욕망을 풀었을 테지만 딕스는 아직 그러한 성욕에 눈조차 뜨지 못한 상태.

남성을 단계로 나눈다면 딕스의 단계는 발아 단계라고 봐야 할 것이다.

딕스는 설명하기 복잡 미묘한 기분 좋은 설렘에 잠시 취했다가 곧 깨어났다.

두 하녀는 딕스의 순수한 감탄에 또 다른 음흉한 욕망의 얼굴이 없음을 알아보곤 빙그레 미소 지었다.

마음에도 없는 남자에게 몸 바치는 일은 그러한 교육을 받은 하녀들이라도 몹시 거북한 일이다.

적어도 그러한 점에서 이번에 모실 손님은 그녀들에게는 참으로 반갑기 그지없었다.

딕스를 대하는 하녀들의 태도는 한결 자연스러워지고 부드러워졌다.

성에 대해서는 아직 무지할지 모르나 그래도 소년 역시 남자다.

그 타고난 본성은 불가해한 현상으로 그 얼굴에 나타난다.

딕스의 얼굴에 핀 야릇한 홍조.

"저… 무, 물 좀 주실래요?"

떠듬거리며 소년은 한 하녀에게 부탁했다.

빙긋 웃으며 하녀 하나가 나가고 하나가 남았다.

조금씩 딕스의 홍조도 가라앉고 생각도 곧 중심을 잡는다.

물을 가지러 간 하녀가 돌아왔다.

잔을 받아 단숨에 이를 들이켜자 해야 할 일이 그제야 더욱 더 또렷하게 떠오른다.

"저, 패트릭 기사님은 어디 계신가요?"

"복도 세 번째 방입니다. 안내하겠습니다."

"고마워요. 한데 이름이 어떻게 되세요?"

"나나입니다. 공자님."

"좋은 이름이네요. 옆에 분은?"

"리에입니다. 그리고 편하게 말씀하세요. 저흰 공자님을 모시는 하녀랍니다."

하녀들의 아름다운 외모와 헐벗은 패션은 더 이상 딕스를 흔들지 못했다.

수컷의 본능이 아직 덜 여물었기에.

"안내 좀 해주시겠어요?"

두 하녀가 빙긋 웃으며 앞장섰다.

자신들에게 편안한 휴식과 밤이 보장되었기에 보이는 자연스러운 반응이다.

*   *   *

패트릭은 저택의 요소요소마다 병력을 배치한 뒤 다시 한 번 꼼꼼히 점검했다.

케이네 백작이 병사들을 붙여준 뒤로 이렇다 할 일은 발생하지 않았지만 위기는 언제나 방심할 때 닥치게 마련이다.

자신의 임무에 철두철미한 패트릭은 그래서 조금의 소홀함도 없이 경계에 만전을 다했다.

이 모든 일을 끝마치고 간단히 샤워한 그는 하녀의 수발을 받으며 차로 목을 축이고 있었다.

하녀의 아름다움에 한눈을 팔 법도 한데, 패트릭의 마음과 눈길은 바윗덩이처럼 움직이지 않았다.

총각 땐 제법 이름을 날린 바람둥이였지만 지금의 아내를 만나고 딸을 낳은 후로는 건실한 남편이자 아버지가 되어 있었다.

똑똑.

"패트릭 기사님, 저 딕스입니다."

패트릭은 찻잔을 내려놓은 뒤 직접 문을 열었다.

소년을 바라보는 패트릭의 얼굴에 걱정이 묻어난다.

"어디 아픈가? 얼굴이 빨갛군."

"아, 아니요. 전, 괜찮아요."

"그래? 한데 무슨 일인가?"

패트릭은 깊어진 눈빛으로 딕스의 표정을 유심히 살폈다.

이 소년은 아주 놀라운 재주가 있었다.

자신의 위험을 감지하는 육감, 아니, 초감각 말이다.

케이네 백작 자택에서의 일 이후 패트릭은 이처럼 생각했다.

그래서인지 그는 소년의 행동에 큰 관심을 기울이며 지켜보았다.

딕스는 막상 패트릭을 찾아왔지만 할 말이 없었다.

그때, 정원 연못 위에 지어진 정자가 떠올랐다.

"정자에 가고 싶은데 괜찮을까요?"

패트릭은 소년이 불길한 징조를 느끼고 자신을 찾아온 것이 아니라는 데 일단 안도했다.

그러다 자신들을 둘러싸고 있는 아름다운 하녀들을 보자 방 안이 갑자기 답답해졌다.

충실한 가장이지만 그 역시 수컷의 본능이 살아 숨 쉬는 사내다.

"험, 같이 가세."

"안 그러셔도 되는데……."

"아니, 나도 심심하던 차였네. 오면서 보니 정자가 참으로 멋스럽더군."

이렇게 딕스와 패트릭은 아름다운 하녀 셋을 피할 요량으로 정자로 향했다.

문제는 자신의 본분에 충실한 하녀들이 두 사람을 놓아줄 생각이 없다는 데 있었다.

아름다운 하녀를 거느린 이들을 본 병사들이 입맛을 쩝쩝 다시며 부러움이 가득한 시선을 던졌다.

세상은 특별한 소수에게 너무 많은 혜택을 준다. 그 소수에 들어가기 위한 조건이 안 되는 대다수의 사람은 그저 부러움만 가슴에 쌓을 뿐이다.

＊　　　＊　　　＊

그날 저녁. 헤라의 시장이 저택을 방문했다.

시장은 딕스에게 지대한 관심을 보였다.

딕스는 시장의 질문 공세에 한참을 시달렸다.

영양가 없는 만남이랄까? 시장이 중간에 선물 하나를 내놓지 않았다면 그는 피곤을 핑계로 일찌감치 방으로 가버렸을 것이다.

"왜 제게 이걸······?"

"자네가 아들 같아서 말이야. 하하."

시장은 제법 묵직한 돈주머니를 용돈이라며 소년에게 내밀었다.

딕스는 시장과 돈주머니를 번갈아 보다가 패트릭의 눈치를 살폈다.

마음속으론 이 돈이 무지 갖고 싶었지만 준다고 냉큼 받아먹기에는 주변 시선을 의식하지 않을 수 없었다.

'갖고 싶다, 갖고 싶어!'

가난하게 살았던 터라 금전에 대한 욕심이 남다른 딕스였다.

세상은 권력과 돈으로 움직인다.

권력이야 현재로썬 딴 세상 이야기지만 눈앞에 있는 금전은 생생한 현실이다.

사람들의 눈길이 닿지 않는 식탁 아래 그의 손이 연방 꼼지락거렸다.

무좀에 걸린 발가락처럼.

"받아도 될는지……."

딕스는 여운을 남기며 좌중의 눈치를 살폈다.

소년의 마음을 알아차린 것일까? 패트릭이 받아도 좋다는 말을 돌려서 말했다.

"어른이 좋은 마음으로 주신 것일세. 거절한다면 시장님의 체면이 서지 않을 걸세."

딕스는 옳다구나! 속으로 쾌재를 불렀다.

그러나 이를 덥석 받기에는 뭔가 석연치가 않았다.

그는 점잔을 빼며 아주 미약한 거절의 뜻을 내비쳤다.

속으론 한 번 더 권하길 진심으로 바라고 있으면서도.

그러자 시장이 호탕하게 웃으며 말했다.

"그럼, 그럼. 어른이 주는 걸세. 앞서도 말했듯이 자네가 내 아들 같은 느낌이 들어서 주는 거야. 많지도 않아. 딱 과자 값 정도네."

이것이 바로 딕스가 고대하던, 가려운 등을 팍팍 긁어주는 시원한 발언이었다

사람 좋아 보이는 시장이 이렇게나 적극적으로 권하는데 계속 마다하면 이는 미풍양속을 해치는 파렴치한 어린놈이 되는 것이다.

딕스는 스스로를 변호하며 내심 흐뭇하게 웃었다.

그는 시장이 과자 값 정도라며 딱 잘라 말한 돈주머니를 챙겼다.

돈주머니는 보기보다 상당히 묵직했다.

반면 그의 마음은 한없이 부풀어 올랐다.

흡사 구름을 타고 하늘을 산책하는 기분이다.

"감사합니다, 시장님. 시장님의 마음, 잊지 않겠습니다."

"하하하. 뭘 그렇게까지 말하나. 정말 별거 아닐세. 하하."

시장은 매우 흡족한 듯 웃었다.

이 웃음이 얼마나 멋진지 딕스는 시장의 볼에 뽀뽀하고 싶은 충동마저 느꼈다.

딕스는 돈주머니를 식탁 아래서 만지작거리며 사람들의 눈치를 살폈다.

그러곤 몹시 피곤한 척 눈을 게슴츠레 떴다.

가끔 비스듬히 고개를 꾸벅거리는 것도 잊지 않았다.

누가 봐도 나 엄청 피곤해요! 라는 행동이다.

"피곤한가 보구먼. 일찍 자게나."

시장이 딕스의 가려운 마음을 매우 시원하게 긁어줬다.

시장에 대한 딕스의 호감이 급상승한 것은 두말할 필요도 없다.

딕스를 전담하던 하녀들이 소년을 향해 다가왔다.

딕스는 시장과 패트릭에게 공손히 인사했다.

특히 시장에 대해서 아주 우호적인 감정을 많이 내비쳤다.

자신에게 피해로 돌아오지 않을 작은 친절이야 얼마든지 베풀 수 있는 넉넉한 마음을 가진 소년이다.

'저런 사람은 많이 알아둬야지.'

딕스는 시장의 눈썹 숫자까지 셀 기세로 그를 세세히 살폈다.

시장은 흡족한 얼굴로 웃음을 터뜨렸다.

방으로 돌아온 딕스는 등을 떠밀다시피 해서 하녀들을 내보냈다.

그러곤 커튼을 치고 문고리를 잠근 뒤 침대에 올라 돈주머니를 풀었다.

그의 두 눈이 기대감으로 크게 반짝거렸다.

'얼마나 들었을까? 이렇게 큰 도시의 시장님이면 씀씀이가 크겠지? 5실버? 아님 10실버?

콩닥 콩닥 콩닥.

소년의 심장은 경박하게 뛰기 시작했다.

드디어 개방한 돈주머니!

"헉! 똥색이다!"

소년은 태어나서 단 한 번도 금화를 본 적이 없었다.

사실 실버 단위의 돈도 몇 번 만져 보지 못했다.

패트릭을 따라 수도로 가게 되었을 때 아버지가 주신 3실 버만 해도 심장이 떨릴 만큼 그에겐 거금이었다.

예지몽에서 영지의 수습 주사보로 근무했을 때 월급이야 받았겠지만 월급 받았을 때의 기억은 아쉽게도 없었다.

그래서 아버지가 용돈으로 주신 3실버는 그의 전 생애를 통틀어 손에 쥔 가장 큰 거금이었다.

한데 지금 누런빛의 동전들이 수북하게 가죽 주머니에 들어 있었다.

딕스는 몸과 영혼이 분리되었다.

그는 수전증 환자처럼 덜덜거리는 손으로 금화를 세기 시작했다.

하나, 둘, 셋, 넷, 다섯… 열, 스물, 서른… 백!

딕스는 이 순간 자신이 숫자를 알고 있다는 사실에 크게 감사함을 느꼈다.

그러다 이런 엄청난 거금을 자신에게 대수롭지 않게 건네준 시장의 저의가 살짝 의심스러웠다.

어린아이 과자 값이라고 하기에 100골드는 터무니없이 큰 거금이다.

도대체 시장의 금전 감각이 어떻기에 이런 말도 안 되는 거금을 선뜻 내준단 말인가? 자신이 재능자라서? 진짜 그 이유만일까? 너무 큰 액수였기에 즐거움은 반감됐다.

반감된 그 텅 빈 자리로 두려움과 걱정이 금세 들어찼다.

'뇌물인가?'

과연 이 돈을 받아도 될지 덜컥 겁이 났다.

더욱이 그 자리엔 패트릭이 있었다.

자신이 이 돈을 받고 입을 싹 닦아버리면 그가 자신을 어찌 생각할지 염려스러웠다.

"나눌까?"

딕스의 두 눈은 금화에서 떠나지 않았다.

만약 나눈다면 얼마만큼 나눠야 한단 말인가. 반? 아님 반에 반? 갑자기 머리가 아파졌다.

머리는 다 가지라고 한다.

가슴은 절반씩 나누라고 조용히 타이른다.

딕스는 생각지도 못한 과자 값으로 인해 뜬 눈으로 밤을 지새우고 말았다.

'젠장! 불로소득은 너무 힘들어!'

딕스의 절규였다.

*   *   *

다음 날, 딕스는 퀭한 모습으로 패트릭을 방문했다.

밤새 과자 값의 분할 문제를 놓고 머리가 쪼개질 만큼 극심하게 고민했다.

그래서 내린 결론은 패트릭과 절반씩 나누자는 것이다.

속이 쓰렸지만 혼자 날름하기엔 너무 거금이다.

돈도 좋지만 버거운 고민을 더 이상 머리에 이고 살 수는 없었다.

더욱이 이 기사는 자신의 큰형에게 좋은 뒷배가 되어줄 수도 있는 사람이다.

절대 홀대할 수 없다.

"안색이 좋지 않군."

패트릭의 눈길이 쏟아지자 딕스는 어색하게 웃었다.

"들어가도 돼요?"

"들어오게. 그래, 무슨 일인가? 출발하려면 두 시간은 있어야 하는데. 음, 일단 들어오게."

막 동이 튼 상태라 세상은 아직도 간밤의 잔재가 남아 있었다.

자신의 과자 값을 어찌 나누어야 할지 몰라 밤새 고민한 딕스는 너무 이른 시간에 패트릭을 방문했던 것이다. 물론 당사자는 이를 느끼지 못했지만.

패트릭으로서는 약간 당황스러운 노릇이다.

딕스는 패트릭이 권한 소파에 앉았다.

어제만 해도 소년에게 이 소파는 무척이나 푹신했으나 지금은 바늘방석이 따로 없었다.

"몸이 안 좋은가?"

패트릭이 걱정스럽다는 듯 물어왔다.

딕스는 고개를 내저었다.

"저, 패트릭 기사님."

"……?"

"제가 어제 시장님께 받은 돈 있잖아요."

"음."

"보니깐 과자 값치곤 너무 많아서요."

패트릭에 입가에 돌연 엷은 미소가 걸렸지만 딕스는 이 미소를 미처 보지 못했다.

그에게 과자 값의 절반을 상납하기로 결정했지만 막상 그의 얼굴을 보자 어찌 전달해야 할지 갈피를 잡을 수가 없었다.

그렇다고 해서 무턱대고 반반씩 나누죠! 이러면서 돈을 내밀 수는 없지 않은가.

이 점을 생각하지 못하고 덜렁 온 것이 그제야 후회스러웠다.

'바보가 되어버린 것 같아.'

한숨이 절로 나오는 딕스였다.

"그랬는가?"

딕스는 패트릭의 목소리가 상당히 담담하다는 것을 느꼈다.

그래서 그의 얼굴을 흘끔 보았다.

'왜 웃지?'

패트릭의 얼굴엔 분명 웃음기가 머물다 사라졌다.

딕스는 이를 놓치지 않았다.

갑자기 머릿속이 혼란스러워졌다. 엉킨 실타래 같았다.

"저기, 그래서 이 돈을 받아야 할지 말아야 할지……. 솔직히 밤새 고민했어요."

일단 돈의 절반을 주겠다는 이야기는 어물쩍 뒤로 미루었다.

잘만 하면 독식이 가능할지 모른다는 희망을 기사의 얼굴에서 얼핏 보았기 때문이다.

정말 그랬으면 좋겠다.

"고민할 필요 없네."

"무슨?"

"시장이 내게 돈을 줬다면 그건 뇌물이지만 자네는 그렇지 않아. 그러니 자네는 받아 챙겨도 그만이란 얘기지. 그리고 내 노파심에서 하는 말인데. 그 돈을 내게 준다거나 하는 생각은 말게. 이래봬도 난 청렴한 공직자라네. 하하."

패트릭의 말에 딕스의 머릿속이 갑자기 환하게 밝아졌다.

쾡했던 얼굴에 생기가 급속도로 감돌았다.

한편으론 자신의 시커먼 속이 그대로 드러난 것 같아 민망했다.

"그, 그렇겠죠. 패트릭 기사님은 공왕 전하를 모시는 왕실 근위기사대의 기사시니 뇌물이 되겠죠. 그러니 부정한 일에 개입하시면 명예에 오점이 되겠죠. 하하, 제가 생각이 많이 짧았어요."

땀을 삐질삐질 흘리며 자기변명과 최면을 거는 소년을 본 패트릭은 터져 나오려는 웃음을 간신히 참았다.

"사람은 자고로 생각을 길게 해야지. 그리고 내 한마디 하겠네."

딕스는 패트릭이 여지를 남기는 듯하자 급히 정색했다.

"네."

"공왕 전하께 작위를 하사받은 후부터는 몸가짐을 조심하게나. 그때부터 자네는 왕실 마법부에 적을 두게 되니 말일세. 내 말 이해하는가?"

패트릭의 이 말은 그전까지는 돈을 받아도 된다는 의미로 소년의 머릿속에 입력됐다.

또한 앞으로 일행의 동선이 어찌되는지도 크게 궁금해졌다.

헤라와 같은 도시, 특히 헤라의 시장처럼 매우 훌륭하고 좋은 인품의 어른이 다스리는 도시를 개인적으로 몹시 경유하고 싶었다.

'그럼 금방 갑부 소릴 들을 텐데!'

이런 그의 속내를 패트릭이 간파한 것일까?

"이동 속도를 높여 카라힐에 갈 것이네. 때문에 헤라시와 같은 경유지는 경로에 포함되지 않을 걸세."

딕스는 속으로 좋다 말았다.

하지만 100골드란 엄청난 거금을 손에 쥔 지금 더 욕심을 내면 안 될 것 같다는 생각도 들었다.

아버지께서 말씀하셨다. 욕심이 화를 부른다고.

딕스는 아버지의 말씀을 되새겼다.

욕심은 여기서 끝이다! 라고.

하지만 그럼에도 아쉬워하는 이유는 워낙 없이 자란 환경적 요인이 소년의 잠재의식에 재물에 대한 욕구를 너무 키워 놓았기 때문이다.

패트릭의 입가에 머물던 미소가 더욱 짙어졌다.

딕스는 시무룩한 표정으로 패트릭의 방을 나왔다.

'그래도 한 곳만 더 들름 안 되나?

욕심을 버리는 게 어찌 쉬운 일일까? 그냥 주는 걸 받는 정도의 수고만 하면 된다.

게다가 뒤탈도 없다.

아쉬움에 발길이 떨어지지 않았지만 어쩔 수 없는 노릇이다.

인생은 원래 그런 거니까.

제4장

공왕 친견

중부의 모든 길은 수도 카라힐로 이어져 있다.

그것도 마차 두 대는 너끈히 지나갈 수 있도록 만든 큰 도로다.

덕분에 동부의 비포장도로와 달리 마차의 덜컹거림은 현저히 줄어들었다.

이동 속도 역시 사물의 잔상만 볼 수 있을 만큼 빨라졌다.

딕스는 처음 본 새하얀 도로가 무척이나 신기했다.

페논에도 포장도로가 있었지만 주도의 대로 이외에는 찾아보기 힘들었다.

페논의 포장도로는 평평한 돌을 땅에 박은 것으로써 상당히 울퉁불퉁하다.

이 점을 보완하기 위해 틈새를 자갈과 흙으로 메웠다.

한데 이곳의 도로는 마치 거대한 사암 덩어리를 반듯하게 잘라 사포로 갈아놓은 듯했다.

가까이서 보거나 손으로 만져 보면 거친 단면을 느낄 수 있지만 마차로 달리면 마치 눈 쌓인 언덕을 썰매 타고 내려가는 듯한 승차감이 들었다.

이 도로가 하도 신기하여 니코에게 물으니 콘크리트를 부어서 만들었다고 한다.

'콘크리트가 좋은 건가 보구나.'

딕스는 페논을 떠나면서 자신의 고향이 촌구석이란 사실을 더욱더 실감했다.

두두두두두.

흔히 볼 수 없는 고급 마차들이 수시로 보인다.

커다란 짐마차의 행렬과 이를 호종하는 우락부락한 용병들의 사뭇 위압적인 모습.

삼삼오오 무리 지어 걸어가는 여행객들을 지켜보노라면 이들이 마치 이야기책에서 방금 뛰쳐 나온 모험가처럼 보였다.

그리고 작은 무리로 움직이는 여행객들마다 무기 하나씩

은 꼭 휴대하고 다녔다.

그래서인지 딕스는 이들의 모습이 참으로 신선했다.

그리고 이들의 목적지에 보석 산이나 마왕의 소굴이 있지 않을까라는 상상을 해보기도 했다.

자신과는 다른 삶을 살아가는 자들. 조금이지만 부러운 마음이 살짝 들었다.

그렇다고 지금의 삶이 불만족스럽진 않았다.

화려한 마차와 수십 명의 병사에게 호위를 받는 것도 나름 멋진 일이기 때문이다.

딕스 일행엔 정규군 복장의 병사가 수십 명이나 있었다.

이 때문에 모든 이가 알아서 길을 비켜주었다.

양보받는 게 어느 순간부터 당연하게 여겨졌다.

그런데 지금 양보할 것이라 여겼던 한 대의 마차가 느릿하게 움직이며 일행의 진로를 방해하고 있었다.

성질 급한 선두의 병사가 이들을 채근했다가 된통 당하고 돌아왔다.

이로 인해 양측은 눈살을 찌푸리며 대치하게 됐다.

딕스는 내심 크게 긴장했다.

일행의 책임자인 패트릭이 앞으로 나섰다.

"우린 공왕 전하의 명을 받아 공무를 수행 중이오."

50명에 이르는 정규군 병사들을 보고도 저리 뻣뻣한 태도를 보이는 것은 저들의 뒷배가 크다는 의미다.

하지만 이 땅의 주인인 공왕 전하의 이름 앞에서 어찌 목에 힘을 주겠는가.

상대의 태도가 지나칠 정도로 자신만만했기에 패트릭은 공왕의 위세를 빌렸다.

그럼에도 상대의 오만한 태도는 여전했다.

'이자들은 뭐지?'

패트릭은 강한 의문을 느꼈다.

공국에서 공왕을 무시할 귀족이 과연 몇이나 되겠는가! 대귀족가라도 일단은 한 수 접어주게 마련이다.

한데 눈앞의 이 사내는 그게 무슨 대수냐! 라는 표정으로 빙글빙글 웃기까지 한다.

패트릭의 두 눈에서 순간 불똥이 튀어나왔다.

자신의 주군을 무시하는 자다.

기사된 입장에서 어찌 주군의 위엄을 훼손하는 자를 두고 볼 수 있겠는가!

그의 손이 검으로 향했다.

사내 역시 지지 않겠다는 듯 자신의 검을 잡았다.

패트릭과 사내가 서로를 노려보았다.

두 사람에게선 눈에 보이지 않는 강력한 스파크가 튀어 올랐다.

기세로 기선을 제압한다!

패트릭은 사내가 익스퍼트 중급인 자신의 기세를 아무렇지도 않다는 듯 받아내자 내심 긴장했다.

상대는 최소한 자신과 동수거나 고수일 가능성도 배제할 수 없었다.

더욱이 상대 측 마차를 호종하는 자는 이 사내를 포함해서 여덟 명으로 자세히 살펴본 결과 저들 역시 만만찮은 실력이라는 게 느껴졌다.

패트릭은 사내들이 호종하는 마차를 새삼 살폈다.

언뜻 보아도 고가의 마차다.

공왕의 이름을 들먹인 일행 앞에서 저리 뻣뻣하다는 의미는 저 마차에 타고 있는 자가 자신의 주군인 공왕을 무시할 수준의 권력자란 의미가 된다.

하지만 이 땅에서 공왕의 권력과 비견될 자가 과연 누가 있을까 싶었다.

그때, 패트릭의 눈에 상대 측 마차에 꽂힌 작은 삼각 깃발이 들어왔다.

단언하건대 공국 내에서 저런 문장을 사용하는 가문은 없었다.

적어도 패트릭의 기억에는.

'외국의 귀족인가?'

상대가 외교관의 특권을 가진 자라면 자칫 외교 문제로 비화될 소지가 다분하다.

패트릭이 주저하자 그를 상대하던 사내의 입가에 지어진 미소가 더욱 짙어지기 시작했다.

사내가 입을 열었다.

"봤으면 우리 꽁무니나 조용히 따라오든가. 아니면 돌아가든가 하라."

건방이 하늘을 찌르는 사내의 거친 말투에 패트릭의 손등 위로 시퍼런 힘줄이 툭툭 불거졌다.

공국의 주변국이 하나같이 자국보다 강대하다지만 조국은 엄연한 주권국가다.

양식이 있는 자라면 타국의 지배자를 무시해선 안 된다.

한데 일개 호종 무사에 불과한 자가 대놓고 자신의 군주를 무시하고 있다.

이 땅의 기사로서 이는 결코 용납할 수 없는 일인 것이다.

더욱이 수많은 백성이 관도에서 자신을 지켜보고 있지 아니한가.

"난 왕실 근위기사대의 기사 패트릭이다."

오만방자한 상대에게 죄를 묻기로 결심을 굳힌 패트릭은 비장한 태도로 말했다.

이 일이 후일 어찌 전개될지는 모르나 지금 물러설 수는 없었다.

공국 기사 전체의 자존심이 달린 일이다.

사내가 비아냥거렸다.

이는 시비를 붙이려는 노골적인 처사로밖에 해석할 수 없었다.

"공국이 언제부터 왕국이라 불렸다고 왕실 근위기사대라는 거창한 이름을 쓰는가? 공국 근위기사대라면 모를까."

"감히!"

자존심에 큰 상처를 입은 패트릭이 노성을 터뜨리며 검을 뽑았다.

사내는 공국민들의 자존심을 짓밟고 있었다. 그것도 공국 땅에서!

병사들도 사태가 심상치 않게 흘러가자 재빨리 전투 대열을 갖추었다.

그때, 상대측 마차가 열렸다.

눈부신 금발을 가진 조각 같은 얼굴을 가진 미남자였다.

나이는 20대 초반 정도.

패트릭을 무시했던 사내는 이 청년 앞에서는 명예를 아는 기사처럼 진중하며 공손했다.

"너는 누구냐?"

패트릭을 향한 청년의 음성과 두 눈엔 위엄이 가득했다.

칼부림까지 고려했던 패트릭은 이 청년을 보자 온몸에 힘이 쭉 빠졌다.

상대는 패트릭도 알고 있는 청년이었다.

자신의 주군이자 이 땅의 군주인 공왕조차 꺼려 하는 인물이었다.

카페니스 제국의 공작 가문인 야니스가의 2남이자 땅의 마법사, 클라우드 폰 야니스. 황제의 총애가 지극한 제국의 천재 마법사.

패트릭의 당혹감은 그의 내심에서 걷잡을 수 없이 커지고 있었다.

'하필 저자라니!'

만감이 교차하는 표정으로 패트릭은 고개를 숙였다.

"왕, 왕실 근위기사대의 기사 패트릭입니다."

"알리힐 전하의 기사로군. 어디서 본 얼굴이라 했더니. 한데 본 공자의 마차를 채근한 이유가 뭔가?"

패트릭은 긴장감을 애써 떨쳐내며 상황을 설명했다.

클라우드가 양식이 있는 자라면 자신의 수하를 혼낼 것이다. 하지만 제국 귀족들을 보면 대개 공국을 무시하기 일쑤다.

더욱이 상대는 제국 4대 공작 가문의 하나인 야니스 가문의 차남이다. 여기에 클라우드 본인은 황제의 총애를 받고 있는 땅의 마법사.

패트릭으로서는 절대 건드리지 말아야 할 인사를 건드린
꼴이 되고 말았다.

"그렇군, 앨런 경."

"네, 공자님."

패트릭과 대치했던 사내의 이름은 앨런이었다.

청년을 대하는 앨런의 눈에는 경외심이 역력하게 드러나
있었다.

"우리가 길을 비킨다."

"예? 공, 공자님."

"이곳은 저들의 땅이다."

패트릭은 클라우드의 태도에 크게 감복했다.

큰 불상사를 피할 수 있게 된 패트릭의 표정이 그제야 한결
편해졌다.

하지만 일이 다 끝난 것은 아니다.

"패트릭 경."

"예?"

"경이 호종하는 재능자를 보고 싶은데 괜찮겠는가?"

패트릭은 순간 청년이 무슨 의도에서 이와 같은 말을 하는
것인지 갈피를 잡을 수 없었다.

재능자가 흔치 않은 대단한 존재이긴 하지만 청년은 어린

나이에 이미 그 재능을 꽃피워 마법사가 된 인물이다.

그런 이가 재능자에게 관심을 가질 이유란 없다.

습격과 암살의 위협을 받았기에 패트릭은 눈앞의 청년이 흉수의 배후가 아닐까라는 의심을 했다. 대놓고 표현할 수는 없었지만.

문제는 껄끄러운 상대가 쉽게 양보한 이상 패트릭도 여기에 보답하지 않을 수 없다는 데 있었다.

"잠시만 기다려 주십시오."

패트릭은 딕스가 탄 마차로 향했다.

딕스는 상황을 이미 들었기에 내심 긴장하고 있었다.

공왕의 명령을 수행하는 패트릭 같은 인물이 이십 대 초반으로 보이는 청년 앞에서 설설 기는 모습은 가히 충격적이었다.

"딕스."

딕스는 패트릭의 굳은 얼굴을 볼 수 있었다.

"예."

"네가 지금 만날 분은 지체가 높은 제국의 귀족이다. 또한 마법사이기도 하다."

"네? 마, 마법사요?"

딕스는 소스라치게 놀랐다.

그가 실제로 마법사를 본 적은 단 한 번도 없었다.

패트릭의 말에 소년은 꽤나 큰 충격을 받게 됐다.

유일신의 모든 축복이 내리지 않고서야 어찌 그 모든 걸 다 갖출 수 있을까.

얄미운 생각보다는 부럽다는 생각이 먼저 고개를 든다.

"그래, 그러니 저분 앞에서는 행동과 말을 조심해야 하네."

"꼭 만나야 하나요?"

위급한 순간 자신을 변호하고 도와줄 유일한 인물이 패트릭이다.

그런 이가 지금 잔뜩 위축되어 있다.

만일 상대가 자신을 해코지하려고 든다면 속수무책으로 당할 수밖에 없다.

뭐, 그럴 리는 없겠지만 인생에서 '만약'이란 단어를 배제할 수는 없다.

더욱이 자신은 가족의 생사를 책임져야 할 막중한 의무가 있지 아니한가.

"어쩔 수 없구나."

"하, 할 수 없죠."

딕스는 마음을 강하게 먹기로 다짐하며 앞으로 걸어 나갔다.

"오메가구나. 속성은……. 음, 물인가?"

딕스는 자신의 속성을 대번에 맞춘 클라우드가 신기했다.

자신이 밝히기 전에 자신의 속성을 알아맞힌 이는 이제까지 아무도 없었다.

한데 상대는 기분 나쁘도록 잘생긴데다 신분도 높다.

이것도 모자라 상대는 이미 마법사인데다 눈까지 좋다.

청년이 단숨에 자신의 속성을 알아맞히자 신기하다는 생각보단 아니꼽고 무섭다는 생각부터 먼저 들었다.

아니꼬운 감정은 상대가 자신보다 모든 면에서 월등하다는 점이고 무섭다는 생각은… 근거를 찾을 수 없었다.

"네에, 네. 그렇습니다. 공자님."

딕스는 몸을 낮출 수 있는 최대치까지 낮추었다. 근거를 찾을 수 없는 두려움 때문이다.

클라우드의 눈길이 딕스의 몸에서 떠나지 않았다.

"이름은 무엇이냐?"

클라우드의 음성은 차분하고 힘이 있었다.

청년의 태도는 무엇 하나 흠잡을 곳이 없었다.

오히려 하찮은 신분인 소년을 인간적으로 대하는 모습이 감동적이기까지 하다.

한데도 딕스는 고마움보단 두려움과 반감을 먼저 느꼈다.

'맨몸뚱이로 호랑이 굴에 던져진 기분이야.'

내심의 중얼거림이 소년이 현재 느끼는 기분을 여실히 말해주고 있었다.

"딕, 딕스라고 합니다. 공자님."

딕스는 더욱더 몸을 낮추었다. 왠지 상대의 눈을 보면 안될 것만 같았다.

벌벌 떠는 소년의 모습에 클라우드는 실망감을 내비쳤다.

마법사란 스스로에 대한 확신과 용기, 그리고 불굴의 정신이 필요하다.

기나긴 수련을 인내하기 위해선 이러한 밑바탕이 필요한데 소년의 모습 그 어디에서도 그런 조짐은 하나도 보이지 않았다.

평생 재능자로 머물 인물의 전형.

'이 녀석은 평생 마법사가 될 수 없겠구나.'

이렇게 단정한 클라우드는 미련조차 남기지 않고 몸을 돌렸다.

그가 탄 마차가 점점 멀어지자 딕스는 그제야 납작 엎드렸던 몸을 폈다.

한데 소년의 표정과 태도는 좀 전 클라우드가 유심히 살폈던 것과는 정반대의 모습을 하고 있었다.

"기분 나빠, 저치."

수치스럽게 패한 기사의 심정이 아마 이렇지 않을까 싶다.

*　　　*　　　*

딕스는 고향을 떠난 지 20일 만에 공국의 수도 카라힐에 도착했다.

그가 처음 접한 수도의 풍경은 촌뜨기 소년의 가슴에 커다란 충격을 안겨주었다.

넓은 대로, 바쁘게 움직이는 마차, 깨끗한 복장을 한 많은 사람들, 닭장처럼 다닥다닥 붙어 있는 대형 유리창을 전면에 내세운 커다란 상점들.

그리고 하나같이 높은 새하얀 건물들.

이 모든 것들의 중심에 공국의 심장이자 두뇌인 왕궁이 떡하니 자리 잡고 있었다.

왕궁이 들어선 터는 도시 중앙에 위치한 언덕이었다.

딕스가 탄 마차는 왕궁으로 향하는 언덕길을 오르고 있었다.

오른다는 표현이 무색할 만큼 경사면은 없었다.

대체 도로 조성을 어떻게 하면 이럴까 싶다.

'이것도 마도 박사들이 힘을 보탰나?'

딕스는 수도에 도착한 내내 주변을 구경하느라 눈알이 팽팽 돌아가고 있었다.

전형적인 촌놈의 행각이다.

"멈춰라!"

왕궁 정문에 늘어선 경비병이 마차를 세웠다.

딕스는 이들 경비병이 모두 기사가 아닐까라는 생각을 했다.

기사가 문지기를 한다? 페논이라면 상상조차 할 수 없는 일이다.

소년의 이러한 생각은 아버지가 갖고 계신 갑옷보다 저들 수문장의 갑옷이 더 좋아 보였기 때문이다.

그런데 곧 이들이 왕궁을 지키는 단순한 수문장이란 사실을 패트릭과 이들의 대화를 통해서 알게 됐다.

간단한 검문을 받고 왕궁으로 들어선 딕스는 시종들이 안내한 반짝반짝 빛나는 대리석이 쫙 깔린 외궁 관사에 여장을 풀었다.

짐이라고 해봐야 옷 몇 벌이 든 낡은 배낭이 전부다.

"이게 왕궁이라는 거구나……."

딕스는 감탄하며 관사를 구경했다.

이곳은 왕궁에 방문한 하급 귀족들이 머무는 관사로 안쪽으로 더 들어가면 고급 귀족들이 머무는 관사가 즐비하게 있었다.

딕스가 현재 머물고 있는 관사와는 비교조차 할 수 없을 만큼 화려하고 웅장한 건물과 아름다운 정원이 갖춰진 곳이다.

이를 알 리 없는 딕스는 자신이 현재 머무는 관사보다 더 좋은 건물은 없을 것이라 단정 지었다.

"벽 만지는 것도 겁나네."

딕스는 태어나 보석을 단 한 번도 본 적이 없었다.

그가 생각하는 보석이란 몹시 아름다운 빛을 내는 비싼 돌이라는 인식이 전부다.

이런 그에게 내부의 하얀 대리석은 보석처럼 느껴졌다.

그래서 감히 손도 대지 못한 채 넋 나간 표정으로 대리석에서 시선을 떼지 못했다.

세상은 소년이 알지 못하는 화려함과 웅장함으로 넘쳐나고 있었다.

"나리."

화들짝 놀란 딕스는 몸을 돌렸다.

아름다운 시녀가 수레를 잡고 자신을 보고 있었지만 그녀가 자신을 부른 호칭 때문에 소년은 어리둥절한 상태에 빠져 있었다.

이 방엔 자신밖에 없음에도 선뜻 대답하지 못한 채 주변을 이리저리 살폈다.

혹시라도 나리라 불릴 만한 사람이 있나 싶어서였다.

그러다 거울 속에 있는 자신을 보게 됐다.

남색의 셔츠와 긴 바지를 입은 전형적인 시골 아이가 그곳에 서 있었다.

평범한 시골 아이보다 피부가 깨끗하고 하얗다는 것을 차치하고 말이다.

"저, 저기요. 나리는 없는데요?"

딕스는 눈앞의 시녀가 패트릭을 찾는 것으로 단정 지었다.

패트릭은 좀 전 임무 보고를 위해 높은 사람을 만나러 갔다.

누굴 만나러 간 것인지는 모르겠지만 복장을 고치고 간 걸 보면 패트릭보다 훨씬 높은 지위의 사람이 아닐까 싶었다.

재능자라는 소년의 자부심은 수도에 첫발을 내딛는 순간, 아니, 왕성에 들어오자 한없이 평범하게 느껴졌다.

정확하게 말하면 관도에서 만난 클라우드의 영향이 지대했다.

시녀가 풋 하고 웃었다.

그 모습이 어찌나 예쁘던지 딕스의 얼굴은 금세 홍당무가 되어버렸다.

"저기요, 왜 웃나요?"

"죄, 죄송합니다. 나리께서 재미난 말씀을 하셔서."

딕스는 이 시녀가 자신을 나리라 부르며 꼬박꼬박 존대해 주고 있다는 사실을 그제야 알아차렸다.

그러고 보니 헤라시의 하녀인 리에와 나나도 자신을 높여 주지 않았던가. 하지만 두 하녀와 달리 이 시녀는 왕궁에서 일하는 사람이었다. 그런 사람이 자신 같은 소년을 높여줄 리 없겠지! 라는 선입견이 매우 컸다.

뻘쭘한 자세로 이러지도 저러지도 못한 채 자신의 눈치를 살피는 소년의 행동에 시녀는 웃음을 참기 위해 볼마저 부풀렸다.

그녀가 만약 개구리가 된다면 개구리 중 그녀만큼 예쁜 암컷 개구리는 없을 것 같았다.

"제가 무슨 말을 했는데요?"

왕궁 안에 들어왔다는 중압감에 딕스의 내심은 풍랑을 만난 조각배처럼 엄청나게 흔들리고 있었다.

그의 어수룩한 모습은 바로 여기서 기인했다.

"제가 실언을 했다면 용서하세요."

시녀는 당황한 표정으로 고개를 숙였다.

일부 발랑 까진 어린 귀족들은 가끔 이런 식으로 시녀들을 방심시킨 뒤 이상한 짓을 하곤 했다. 그 생각이 번쩍 든 시녀였다.

시녀는 딕스가 그 같은 부류가 아닐까라는 생각을 하며 꺼려 하는 표정을 지었다.

사실 딕스의 복장을 보면 수도 변두리에서나 볼 수 있을 만큼 남루하다.

겉모습만 보면 말이다.

하지만 소년의 신분이 낮다면 어찌 관사에 떡하니 머물겠는가.

시녀가 정색하며 사과하자 딕스는 괜히 머쓱해졌다.

썩은 방구를 뀌지도 않았는데.

"저, 그런데 무슨 일이신데요?"

"다과를 가져왔습니다."

"다과요?"

"네, 한데 어디에 놓을까요?"

침대 옆에 작은 탁자와 접대용 긴 탁자가 있었고 테라스 쪽에 간이 탁자가 있었다.

딕스는 그제야 방 안에 불필요하게 탁자가 많다는 것을 알아차렸다.

하지만 방이 워낙에 크다 보니 이제까지 이를 느끼지 못했었다.

딕스는 순간 세 곳의 탁자를 보며 고민에 빠졌다.

어디에 놓아달라고 해야 한단 말인가? 얼뜨기처럼 머뭇거리는 그를 보자 시녀는 테라스 쪽 간이 탁자를 가리켰다.

"저곳에 놓아드릴까요?"

"네? 아. 네에, 그래주세요."

갈피를 잡지 못했던 딕스는 시녀가 말하자 냉큼 고개를 끄덕였다.

처음부터 그렇게 지시하려고 했던 사람처럼 최대한 자연스럽게.

시녀가 테라스 쪽으로 가더니 탁자를 채우기 시작했다.

달콤한 냄새를 풍기는 색색의 쿠키가 입맛을 다시게 만들었다.

그리고 붉은 액체가 담긴 유리병이 눈길을 잡아끌었다. 술일까? 주면 마셔도 되는 건가? 등등의 생각이 번개처럼 머릿속을 스쳐 지나갔다.

"저기요, 시녀님."

왕궁에서 일하는 사람은 모두 관리라고 생각한 딕스는 자신의 어법이 상당히 이상하다는 것도 모른 채 어렵사리 말을 꺼냈다.

원래부터 웃음이 많은 것인지 시녀는 작은 웃음을 또 터뜨렸다.

그러다 자신을 멀뚱멀뚱 바라보는 소년의 시선을 느끼곤 황급히 표정을 고쳤다.

손님 접대에 있어서 칼 같은 곳이 왕궁이다.

그래서 작은 실수도 상관의 귀에 들어갔다간 큰 곤혹을 치르게 된다.

딕스의 나이가 어리고 복장도 불량하고 볼품없었지만 관사의 손님인 이상 최상의 서비스를 제공하는 게 그녀의 본분이었다.

잠시 그 본분을 망각하고 연거푸 실수를 거듭하자 시녀는 긴장했다.

"편하게 부르시면 됩니다, 나리."

"저기 저 빨간 액체는 뭔가요?"

"토마토 즙을 섞은 주스입니다. 마음에 안 드시면 다른 걸 내올까요?"

"아, 아뇨."

"언제든 불러주십시오."

시녀는 예의 바른 모습으로 인사한 뒤 방을 나갔다.

혼자 남게 된 딕스는 몸에 맞지 않은 옷을 입은 사람처럼 불편한 기색을 드러냈다.

지체 높은 사람들이 강가의 모래처럼 쫙 깔려 있는 곳이다.

행동 하나, 말투 하나가 꼬투리가 될 수 있다.

최대한 몸을 낮춘다.

왕궁에서 일하는 사람들에게 찍혀 좋을 건 없다.

왕궁에 대한 정보라곤 쥐꼬리만큼도 없으니 이것이 가장 현명한 방법이라 소년은 자위했다.

'존심 상하네. 쳇!'

* * *

"뭐라? 자네도 습격을 받았다고?"

"그, 그렇습니다, 각하. 한데 그 말씀은 다른 이들도 습격을 받았다는 것입니까?"

기사단에 복귀 신고를 하지 않고 곧장 재상부를 찾아온 패트릭이었다.

"자네를 뺀 네 명 모두 임무에 실패했네. 그들은 현장에서 습격자들을 조사하기 위해 남아 있네."

"하면 그들이 호종하던 재능자들은?"

"납치됐네."

"이런!"

마법사로 성장할 인재가 무려 넷이나 납치됐다는 말에 패트릭은 공왕의 근심이 눈에 선했다.

마법사의 보유는 국가의 중요한 전력이다.

이처럼 중요한 인재들이 하나도 아닌 넷이나 납치됐다.

이는 국가적으로 엄청난 손실이 아닐 수 없었다.

그중 한 명이라도 장차 마법사가 된다면 더욱 배가 아픈 노릇이다.

'대체 누구란 말인가?'

패트릭이 굳은 얼굴로 생각에 잠기자 재상 벤자민이 말했다.

"그 외에 별다른 일은 없었나?"

"오다가 클라우드 폰 야니스 공자를 보았습니다."

"클라우드 공자를?"

재상 벤자민이 미간을 좁히며 큰 관심을 보였다.

패트릭은 클라우드 공자를 만나게 된 상황을 상세하게 보고했다.

재상의 노안에 점점 짙은 그늘이 드리우기 시작했다.

'무슨 일이지?'

공왕가는 카페니스 제국에서 2백 년 전 분리됐으나 현재까지도 많은 부분 제국에 의존하고 있었다.

이는 호전적인 공국의 주변국들 때문이다.

강대국의 틈바구니에 끼인 형국이기에 공국으로서는 모국이랄 수 있는 제국에 많은 부분을 의지할 수밖에 없는 처지였다.

이러한 사정 때문에 공국은 매년 막대한 조공을 제국에 바치고 있었다.

"알겠네. 그래, 자네가 데려온 재능자는 어떤 아인가?"

패트릭은 잠시 딕스에 대해 생각했다.

살인 장면을 보고도 꿈쩍하지 않는 아이의 대담함이 특별하게 느껴졌다.

또한 위기를 감지하는 초감각.

이 부분에 대해서 패트릭은 정확한 판단을 내리지 못했다.

소년이 감지한 건 단 한 차례이다 보니 확신이 서지 않은 탓이다.

이러한 점을 제외하면 그다지 특별한 점이 없었다.

아니, 재능자라는 것 자체가 특별하긴 하다.

하지만 딕스의 재능을 재상이 묻고 있는 것은 아닐 것이다.

아마 재능을 꽃피울 자질이 있는가라는 질문일 터.

"신중하고 똑똑한 아이 같았습니다."

"신중하고 똑똑하다라……."

재상은 모호한 표정을 지었다.

사실 재능자를 발견하기란 쉽지 않다.

큰 영지에서 이러한 재능자가 나오면 그곳의 영주는 대개 이를 감춘다.

이번처럼 다섯 명의 재능자가 한꺼번에 왕실에 보고되고 보내지긴 처음 있는 일이었다.

한데, 이런 귀중한 인재 중 네 명이나 납치당했다.

진상 조사를 철저히 해야 한다.

문제는 이 일에 클라우드 공자가 개입했다면……. 재상이 가장 두려워하는 점이었다.

"알겠네. 조만간 공왕 전하께서 그 아이를 친견하실 것이네."

"공왕 전하께서요?"

패트릭은 의외의 말을 들었다는 듯 그 표정에 놀라움을 드러냈다.

"원래는 재능자 다섯을 친견하는 자리가 될 예정이었지만 네 명이 납치됐으니 그 아이 하나로 대신할 수밖에. 그럼 그리 알고 돌아가게. 먼 길 오느라 자네도 고생했네."

패트릭이 인사하고 나가자 재상은 비서를 불러 모종의 지시를 내렸다.

혼자 남은 재상의 표정이 점점 어두워졌다.

* * *

딕스는 잔뜩 주눅이 든 표정으로 시종장의 꽁무니만 죽어라 노려보며 걸었다.

소년이 왕궁에 도착한 지 3일째. 그는 3일 내내 머리와 몸에 굳은살이 박일 만큼 혹독하게 궁중 예법을 익혔다.

수도에 도착하면 당장 마나 순환 수련법을 배울 것이라 생각했던 딕스에게 궁중 예법을 익히는 3일은 그야말로 지옥과도 같은 시간이었다.

그는 그렇게 3일을 고생해서 익힌 궁중 예법을 무기 삼아 공왕을 친견하는 자리에 끌려가고 있었다.

한데 시종장은 소년을 대전이 아닌 정원으로 안내했다.

정원 곳곳에 날카로운 예기를 뿌리는 기사들이 배치되어 있었다.

이들의 칼끝 같은 시선에 딕스는 오금이 저렸다.

"전하, 재능자 딕스를 데려왔습니다."

늙은 시종장이 사십 대 중후반의 사내에게 예를 표하며 딕스를 소개했다.

딕스는 3일 동안 배운 급조된 궁중 예법을 어색하게나마 펼쳐 보였다.

이런 그의 등 뒤로 식은땀이 줄줄 흘렀다.

고개조차 들지 못하는 딕스를 공왕 알리힐 폰 풀이 지그시 내려다보았다.

그의 곁에는 아름다운 공비와 십 대 중반의 공녀가 있었다.

이들과 다섯 걸음 떨어진 뒤에는 로브를 입은 중늙은이가 오연한 자세로 서 있었다.

"미천한 백성이 공왕 전하를 알현하옵니다."

바짝 긴장한 딕스의 목소리는 상당히 떨리고 있었다.

그의 모습에 공비와 공녀가 빙그레 웃음 지었다.

하지만 고개조차 들지 못하는 탓에 딕스는 그녀들의 미소를 보지 못했다.

"일어나라."

공왕 알리힐의 목소리는 듣기 좋은 중저음이었다.

딕스는 겨우 무릎을 펴고 몸을 일으켰으나 감히 공왕의 얼굴을 보는 짓 따위는 하지 않았다.

그저 이 시간이 빨리 끝났으면 하고 바랄 뿐이었다.

"화, 황공하옵니다."

"시종장은 소년에게 어떤 교육을 시켰기에 이 아이가 이리 덜덜 떠는 것인가? 혹시 본 왕이 마왕처럼 생겼다고 겁을 준 것인가? 하하."

시종장이 급히 허리를 조아리며 황송하다는 표정을 지었다.

공왕은 너털웃음을 터뜨린 뒤 자리에서 일어나 딕스를 향해 곧장 걸어왔다.

그러자 주변에 있던 기사들의 눈빛이 딕스의 작은 몸에 파팟 하고 꽂혔다.

이 느낌은 마치 대바늘 수백 개가 일시에 몸에 꽂히는 기분이었다.

딕스의 왜소한 몸은 그래서 더욱더 움츠러들었다.

"짐은 짐의 백성에게 따뜻한 왕이라는 말을 듣길 원한다. 한데 짐의 백성인 네가 나를 이처럼 어려워하니 내 치세가 옳지 않았다는 생각이 드는구나."

딕스는 내심 왕이란 자가 이처럼 다정다감해도 되는 걸까?

라는 생각이 들었다.

처음 가졌던 두려움이 많이 가셨다.

하지만 어찌 편하게 공왕의 얼굴을 본단 말인가.

자신의 실수 하나가 곧 가족의 생사와 직결될 수 있음이다.

더욱더 몸을 낮추고 상대의 비위를 맞춰야 한다.

이 생각만이 소년을 지배하고 행동하게 했다.

"황공하옵니다."

예법을 가르쳐 준 교관이 이르길 질문에 대한 답이 뚜렷하게 떠오르지 않거나 혹은 칭찬을 받게 되면 무조건 '황공하옵니다' 라고만 하라고 했다.

그래서 머릿속이 백지장처럼 변한 상황에서도 이 말만은 잊지 않고 꼬박꼬박 하고 있었다.

"<u>호호호</u>. 아바마마, 이 아이는 진실로 아바마마가 무섭나 보옵니다. 소녀에게 아바마마는 세상에서 가장 따뜻하고 근사한 분이신데 말이에요."

공녀가 자리에서 일어나 공왕 곁에 섰다.

이 땅에서 공왕과 어깨를 나란히 견줄 자가 과연 몇이나 될까?

딕스는 더욱더 고개를 숙였다.

문득 이러다 목뼈가 굳어 평생 고개를 들 수 없지 않을까 걱정이 들었다.

"황공하옵니다. 공주 마마."

공왕의 딸은 공녀지 공주가 아니다.

그러나 이 땅의 백성과 신하들은 그녀를 공주라 불렀다.

당연히 이 땅의 백성인 딕스 역시 그녀를 공주라 부른다.

배운 대로 하고 있으니 공녀에 대한 호칭이 틀리다는 것을 딕스는 생각조차 못했다.

더욱더 고개를 숙이는 소년이 안쓰럽게 느껴졌을까? 트레이시 공비가 엘리자베스 공녀를 손짓으로 불러 앉혔다.

입술을 이리저리 삐죽이던 엘리자베스 공녀는 마지못한 표정으로 자리에 앉았다.

왈가닥 끼가 물씬 풍기는 공녀다.

"내 너에게 거는 기대가 매우 크도다. 이 땅과 이 땅의 백성을 위해서 더 정진하기 바란다. 안토니오 백작."

공왕은 뒤에 시립한 로브 차림의 중노인을 불렀다.

"네, 전하."

"안토니오 백작에게 이 아이의 교육을 맡기겠소."

공왕의 말에 딕스는 화들짝 놀랐다.

자신을 맡긴다함은 마법사가 될 수 있도록 가르침을 내려 줄 인물이란 의미였다.

걷잡을 수 없이 커지는 호기심을 이기지 못한 딕스가 고개를 들었다.

하필이면 공왕이 그를 보고 있을 때였다.

두 사람의 눈길이 마주쳤다.

딕스는 화들짝 놀라 급히 고개를 숙였다.

이런 그의 심장은 미친 듯이 뛰기 시작했다.

공왕의 입가에 부드러운 미소가 어렸다.

"마법에 대한 너의 열정이 참으로 큰 것 같구나! 내 그리 고 개를 들라 해도 어명을 듣지 않더니 스승 될 사람이란 말에 금세 고개를 드니 말이다. 하하하."

"황, 황공하옵니다."

왕실에서 이 한마디면 만사가 다 통한다.

소년은 이 말을 배우길 참으로 잘했다고 생각했다.

이러다간 잠자다가도 말하지 않을까 싶었다.

공왕 알리힐은 크게 대소한 뒤 딕스의 정신 건강을 생각하 여 친견을 빨리 끝마쳐 주었다.

대륙의 모든 왕이 공왕과 같다면 세상은 굉장히 평화롭지 않을까 싶다.

그러나 딕스는 모르고 있었다.

최고 권력자의 심중에는 그가 상상도 할 수 없는 것들이 웅 크리고 있음을 말이다.

10분도 되지 않는 짧은 시간이었지만 딕스에겐 마치 평생 처럼 느껴지던 시간이었다.

어쨌든 가시방석 같은 자리를 모면한 딕스는 안토니오 르반데스 백작을 따라 왕실 마법부 건물로 이동했다.

"사내 녀석이 간이 그리 작아서야 어디에 쓸꼬. 쯧쯧."

안토니오는 딕스를 쳐다보고 혀를 찼다. 못마땅한 기색이 뚜렷이 느껴진다.

친견이 끝났기에 딕스는 큰 시름을 덜 수 있었으나 제정신을 차리기엔 아직 멀었다.

그런 상태에서 스승이 될 안토니오가 한 소리 하자 괜히 울컥했다.

돌이켜 보면 너무 바보같이 행동했다.

하지만 귀족들의 정점에 있는 이 땅의 지존이다.

그런 이를 만나고도 일개 평민이 어찌 평소처럼 행동할 수 있단 말인가!

딕스는 안토니오의 쓴소리를 묵묵히 들었다.

상대에게서 악의가 느껴지는 것이 아니니 못 참을 것도 없었다.

"나는 불의 마법사다. 내 마력 문장은 지타(Z)에서 출발한다."

딕스는 두 눈을 반짝이며 안토니오의 미간을 뚫어져라 응시했다.

기본형 마력 문장 스물네 개 중 여섯 번째인 문장 지타가

선명하게 노인의 미간에 찍혀 있었다.

그러나 저 기본 문장 안에는 안토니오만의 완성형 문장이 있을 터였다.

딕스로서는 무척이나 부러운 일이었다.

"전 물의 재능자인데 어찌 불의 마법사이신 안토니오 백작님께서 저를 가르치시는 건가요?"

딕스로서는 당연한 의문이었다.

아무래도 같은 속성의 스승에게 배우는 것보다 못할 것 같았다.

더욱이 이자는 자신을 대놓고 비웃지 않았던가.

은혜는 잊어도 원수를 잊지 않는 옹졸한 심보의 주인이 바로 딕스다.

그렇다고 대귀족이며 마법사인 안토니오의 비위를 거스를 수는 없으니 표정과 말투에서 꼬투리 잡힐 것들은 철저히 배제했다.

"마나 순환 수련법에 있어 속성의 구분이란 없다."

"그래도……"

"넌 이 궁에 마법사가 몇 명이나 될 것이라 생각하느냐?"

안토니오의 연이은 질문에 딕스는 말문이 막혔다.

마법사는 부정할 수 없는 엄청나게 대단한 존재다.

그리고 마법사가 될 수 있는 재능자 역시 큰 대우를 받는다.

일개 평민에 지나지 않는 자신이 큰 도시의 시장에게 뇌물까지 받을 정도다.

하물며 희귀하다는 마법사다. 그러니 그 숫자가 많지 않음은 당연하리라.

"음……. 한 서른 명쯤 되지 않을까 싶은데요."

"허어, 궁에 서른 명의 마법사가 있다면 공왕 전하께선 내일 당장 왕국을 선포하실 것이다."

어이없다는 듯 자신을 쳐다보는 중노인의 시선에서 딕스는 부끄러움을 느꼈다.

따지고 보면 전혀 부끄러워할 일이 아님에도 이 중노인의 시선에선 성질을 돋우는 묘한 기운이 내포되어 있었다.

딕스의 목소리가 퉁명하게 흘러나왔다.

"그럼 몇 명인데요?"

"셋이다."

공국의 인구수가 얼마인가? 모른다.

하지만 어림잡아도 수십만, 아니, 백만은 거뜬히 넘을 것이다.

한데도 이 궁에 마법사가 저 중노인을 포함해서 달랑 셋뿐이라니.

'그럼 재능자는 몇이나 된다는 거지?'

나라의 재능자는 모두 왕실로 모인다고 들었다.

그러니 그 숫자가 만만치 않을 것이란 생각을 하고 있던 딕스였다.

하지만 많은 영주가 재능자와 마법사를 숨기고 있는 것이 현실이었다.

이러한 정치적인 꼼수를 겪지 않았으니 소년으로서는 백작의 대답에 놀라지 않을 수 없었다.

"안토니오 님, 그럼 재능자는 몇 명이나 있나요?"

"너까지 포함해서 서른네 명이다."

"애걔, 겨우 서른네 명이요?"

"쯧쯧, 너는 여기까지 오면서 너를 떠받드는 자들을 경험하지 않았느냐?"

어찌 경험하지 않았겠는가.

그 생각만 해도 흡족하여 입이 찢어질 지경이다.

평범하게 산다면 평생을 노력해도 만져볼 수 없는 거금 100골드를 과자 값으로 받지 않았던가.

이를 밝힐 필요는 없으니 슬쩍 감추며 대답한다.

"사람들이 잘 대해주던데요."

"그게 희소성의 가치라는 것이다."

"희소성의 가치? 그게 무슨 말인데요?"

"그런 것까지 네게 가르칠 이유는 없다. 젤, 들어오너라."

다정다감함과는 거리가 먼 안토니오였다.

문이 열리고 이십 대 초반의 시녀가 들어왔다.

왕궁에 와서 느낀 것이지만 이곳엔 미인이 지천에 깔려 있다.

대체 저 많은 미녀를 어디서 조달했을까 놀랍기만 하다.

엉뚱한 생각에 사로잡힌 그의 귀로 안토니오의 목소리가 송곳처럼 파고들었다.

"젤은 앞으로 딕스, 너의 전담 시녀다. 이 아이가 마법부의 생활을 알려주고 필요한 것을 돌봐줄 것이다. 젤, 너는 이 아이에게 마나 순환 수련법 책을 가져다주거라."

"네."

딕스는 모든 책임을 시녀 젤에게 떠넘기는 안토니오의 무책임함과 뻔뻔함에 화가 치밀어 올랐다. 그가 시녀를 붙여주는 것은 고맙지만 정작 중요한 마법 공부에 대해서는 달랑 책한 권 주고 땡!

문제는 부글부글 끓는 속을 눈앞의 중노인에게 풀 수 없다는 데 있었다.

권력, 힘, 지위, 연륜에서 자신이 상대보다 형편없으니 참을 도리밖에 없다.

"젤, 그 녀석을 데려가거라."

딕스는 어리벙벙한 표정을 한 채 젤을 뒤따라가는 자신을 볼 수 있었다.

'이 황당한 상황은 대체 뭐야?'

하지만 딕스가 모르는 게 있었으니 자신만의 문장을 완성하는 작업은 혼자의 몫이라는 것이다.

노력, 인내, 끈기!

이는 누가 가르치는 게 아니라 스스로 헤쳐 나가야 함을.

딕스와 마법부의 첫 인연이 이처럼 오해로 인해 삐걱거리며 시작됐다.

제5장

마나 순환 수련법

딕스는 젤이 가져다준 책으로 마나 순환 수련법을 익히고 있었다.

수련 방법은 이미 숙지한 상태였다.

수련 과정은 총 여섯 단계로 동화, 지각, 순환, 축적, 형성, 확장이다.

만약 글을 몰랐다면 하얀 것은 종이고 까만 것은 잉크에 불과한 불쏘시개 그 이상도 이하도 되지 못했을 터였다.

하지만 좋은 부모를 만난 덕분에 그는 일찍 글을 깨우쳤다.

영지에 문맹자가 태반인 것을 고려하면 부모님이 자신에

게 큰 재산을 물려주었다는 생각에 새삼 고마움을 느꼈다.

딕스는 일반 기사의 아들로 태어났다.

그의 두 형은 아버지로부터 일찍부터 기사 수련을 받았다.

마나 순환 수련법은 어찌 보면 기사의 수련법과 일맥상통하는 부분이 있었다.

다른 점을 굳이 찾아서 꼬집어 말하라면 몸을 움직이는 기사는 검에 자신의 정신을 동화시킨다. 그들은 균형과 흐름, 그리고 집중을 우선시한다.

반면 마법사의 수련 자세는 고요한 호수의 수면과 같은 안정된 몸과 정신의 유지를 중시한다.

명상이 마법사들의 전유물처럼 여겨지는 이유는 바로 이 때문이다.

딕스는 마나 순환 수련법의 첫 단계인 동화를 나흘 만에 성취했다.

타고난 집중력과 처절하고 끔찍한 미래가 불철주야 그를 채찍질한 덕분이다.

동화를 이룬 딕스는 신비로운 물속 세상을 경험하고 있었다.

마법부 건물 뒤쪽으로 20분을 걸어가면 인공으로 조성된 아름다운 호수가 있는데 이곳은 물의 마법사들의 전용 수련장으로 지정된 곳이다.

마법부 건물과 그 주변은 다른 곳에 비해 광장히 조용한 편이다.

딕스는 호수 안에 살아가는 생물들의 움직임을 살필 수 있게 됐다.

그것은 마치 멀쩡한 정신으로 꿈을 꾸는 것과 같은 일이었다. 상쾌한 꿈이랄까?

이처럼 동화 단계를 이룬 딕스는 다음 단계인 인지로 넘어갔다.

사람들은 마나와 공기를 동일시한다. 물론 그들의 생각은 틀리지 않다.

그러나 외벽이라 할 수 있는 무속성의 마나를 깊이 파고들면 그 속엔 특화된 마나라 불리는 속성의 마나가 존재했다.

불, 물, 땅, 바람이 바로 신비한 속성의 마나다.

이를 4원소의 마나라 하는데 이 마나를 느낄 수 있고 받아들일 수 있는 자들이 바로 재능을 갈고 닦은 마법사다.

참고로 기본형 마력 문장은 알파에서 오메가까지 총 스물네 개로 이들 네 속성의 마나 역시 각각 스물네 가지의 성질로 나뉜다고 보면 된다.

딕스의 호흡은 보다 깊어지고 놀라울 만큼 가늘어졌다.

호흡과 달리 그의 정신은 그 어느 때보다 밝고 활력에 차 있었다.

'물의 마나를 찾는다!'

딕스는 오메가 문장을 갖고 있다.

그래서 스물네 개의 이름을 가진 물의 마나 중 오메가를 찾아야 한다.

다른 문장을 가진 물의 마나는 현재의 그에겐 먼 타인과 같았다.

집중 또 집중.

인내 또 인내.

딕스의 수련은 어느새 늦은 오후로 접어들고 있었다.

이른 아침을 먹고 나온 것을 생각하면 여덟 시간이 훌쩍 넘는 시간 동안 쉬지 않고 수련에만 전념 중이다.

'이건가? 이게 오메가 물의 마나인가?'

딕스는 호수 끄트머리 구석진 곳에 웅크리고 있는 오메가 물의 마나를 찾아낼 수 있었다.

인간으로 치면 녀석의 성격은 뭐랄까, 배타적 성향을 갖고 있는 듯했다.

어찌 보면 수줍음이 많은 녀석 같기도 했다.

딕스는 조심스럽게 녀석에게 접근했다.

녀석의 인정을 받아야 한다.

그리고 녀석이 인정해 주어야만 오메가 물의 마나를 인지하고 받아들일 수 있다.

딕스는 콧대 높은 아가씨의 주위를 맴도는 우직한 순정남
처럼 조심조심 접근했다.

딕스가 접근하자 오메가 물의 마나가 콧방귀를 뀌며 등을
돌렸다.

실제로 녀석이 등을 돌린 것은 아니지만 느낌이 그랬다.

자극하면 안 될 것 같아서 딕스는 한 발 뒤로 물러났다.

둘은 서로를 보았다.

딕스는 갈구했고 오메가 물의 마나는 이런 그를 거들떠보
지도 않았다.

왜 이런 녀석이 걸린 걸까 싶어 딕스는 살짝 화가 났다.

그래서 이 녀석을 버리고 다른 오메가 물의 마나를 찾고 싶
다는 생각까지 했다.

그런데 이 녀석을 보고 있자니 마치 거울 속 자신을 보는
것 같아 좀처럼 발길이 떨어지지 않았다.

실제로 딕스는 외로움을 많이 타는 성격을 갖고 있었다.

자존심이 강해 이를 드러내지 않았을 뿐이다.

그래서 아이들이 걸어오는 조그만 시비에도 흉계를 짜내
어 괴롭히길 주저하지 않았다.

그러다 보니 아이들과 가까워지기는커녕 언제부터인가 서
로가 서로를 부정하고 미워하는 관계로 발전했다.

자존심 때문에 겉으론 편하다고 말했지만 실상은 아이들

이 모여 노는 모습을 보면 무척이나 부러웠다.

부정하고픈 감정이었고 그래서 단 한 번도 인정하지 않은 감정이었다.

'나랑 닮은 구석이 있는 것 같아!'

녀석은 딕스가 얌전하게 자신을 바라보고만 있자 무관심으로 일관했던 태도를 살짝 바꾸었다.

딕스는 녀석이 자신을 힐끔거린다는 생각이 들었다.

딕스의 눈길이 주변으로 향했다.

많은 물의 마나가 이 녀석 곁으로 오지 않고 있었다.

마을 아이들이 자신을 따돌리고 피했던 것처럼.

딕스는 용기를 내어 녀석을 향해 자신의 이야기를 조용히 들려주었다.

형제들과 자신을 비교하며 비웃는 덩치 큰 또래 아이들의 놀림에 대해 반발하여 고집스럽게 싸웠던 일.

누구에게도 말하지 않았던 속내까지 녀석에게 털어놓았다.

사람이 아닌 녀석이었지만 가족에게도 밝히지 못한 속내를 모조리 털어놓자 녀석을 반드시 친구로 만들고 싶다는 욕심이 생겼다.

이 호수에 다른 오메가 물의 마나도 있겠지만 이젠 이 녀석에 대해 집착이 생겼다.

딕스는 조심스럽게 녀석에게 접근했다.

가시 돋친 눈빛을 보내며 경계하던 녀석이 조금은 얌전한 모습을 했다.

여기에 용기를 얻은 딕스는 좀 더 가까이 접근했다.

녀석은 딕스를 바라보며 마치 '이 녀석, 믿어도 괜찮을까?' 라는 표정을 지었다.

너무 가까이 접근한 것일까? 녀석이 뒤로 움직이더니 째려보기 시작했다.

'녀석의 인정을 받으려면 좀 더 시간이 필요한 것일까?'

가족을 지키기 위해 마법사가 되어야 하는 딕스에겐 하루하루가 무척 소중했다.

그러나 평생의 친구가 될지 모를 녀석을 보자 시간을 좀 더 갖는 게 좋겠다는 생각이 들었다.

급할수록 돌아가야 한다! 딕스는 녀석에게 상냥하게 인사하곤 내일을 기약했다.

흘끔거리는 녀석의 눈길이 느껴졌다.

인지 단계는 실패했지만 딕스의 기분은 오히려 홀가분했다.

녀석에게 한 넋두리 덕분인지 십 년 묵은 가슴속 체증이 내려간 기분이 들었다.

딕스는 다음 날도 호수로 갔다.

이제는 마법부에 들어온 이후 일상이 되어 있었다.

그는 어제 만난 녀석을 찾았다.

녀석은 고맙게도 그 자리에 그대로 있었다.

반가움이 왈칵 치밀었다.

딕스는 어제와 달리 조금 떨어진 곳에서 자신의 소소한 일 상에 대한 이야기를 해주었다.

그리고 책에서 보았던 것들을 나름 각색해서 들려주었다.

녀석은 겉으론 흥미를 보이지 않는 듯했지만 딕스의 감정 이 크게 이입된 대목에선 녀석도 감정의 기복을 뚜렷하게 드 러냈다.

이를 본 딕스가 피식 웃자 녀석은 언제 그랬냐는 듯 고개를 홱 틀어버리곤 그를 무시해 버렸다.

녀석은 마치 고집 센 여자아이 같았다.

'그래, 오늘도 얘기만 하자.'

이후로도 딕스는 이 녀석에게 꾸준히 큰 공을 들였다.

어느 순간엔 수련이라는 사실조차 까맣게 잊어버리고 자 신만의 이야기에 푹 빠져 버리곤 했다.

마나 순환 수련법을 습득하고 나흘 만에 동화라는 놀라운

성과를 보인 딕스.

그는 다른 재능자들도 자신과 비슷할 것이라고 여겼으나
이는 무지한 소년의 착각이다.

소년은 다른 이들보다 월등히 빠른 성취를 보이고 있었다.

무관심한 스승과 동료들이 알았다면 크게 놀랐을 일이었다.

어쨌든 딕스는 도도하고 고집 센 이 녀석을 매일 찾아가 자
신이 살아온 이야기와 자신이 앞으로 반드시 해야만 하는, 누
구에게도 털어놓을 수 없었던 예지몽에 관한 일까지 말해주
었다.

그러곤 진심을 다해 도움을 요청했다.

이러한 노력 덕분인지 딕스는 열흘 만에 녀석의 마음을 얻
을 수 있었다.

마나 순환 수련법 6단계 중 2단계인 인지를 습득한 것이
다.

이로써 딕스는 수련 14일 만에 3단계인 순환 수련에 돌입
할 토대를 마련할 수 있었다.

*　　　*　　　*

물의 오메가는 딕스의 정신에 동화되어 그 안에 보금자리
를 틀었다.

이는 아주 특별한 경우다.

보통은 분신을 재능자의 정신에 심어주는 것으로 끝이 난다.

한데 녀석은 본체가 그의 정신에 자리를 잡아버렸다.

딕스는 이를 일반적인 일로 생각했다.

어쨌든 기초 2단계를 끝낸 딕스는 3단계인 순환 수련에 들어갈 계획을 세웠다.

"딕스 님."

딕스는 자신을 부르는 목소리에 몸을 돌렸다.

자신을 전담하는 시녀 젤이 눈앞에 서 있었다.

젤은 소년이 수련 이외에 다른 일에는 무관심으로 일관하는 게 참으로 신기했다.

보통 저 나이 때의 소년은 왕성한 호기심을 갖고 있다.

더욱이 소년은 시골에서 올라온 지 얼마 되지 않았다.

한데도 궁전을 구경시켜 달라는 말 한마디 하지 않고 오로지 수련에만 매달리고 있었다.

그녀에게 딕스는 매우 이상하고 신기한 아이였다.

"무슨 일인가요. 젤."

"전에 부탁하신 하사관 양성소의 신입생 명단을 확인했습니다."

수련에 몰두하다 보니 그만 젤에게 부탁한 걸 깜빡 잊었던 딕스는 그제야 생각난 듯 감탄성을 토했다.

자신의 수련도 중요하지만 작은형이 제대로 하사관 양성소에 입소했는지 확인하는 것도 중요했다. 자신의 말을 무시하고 또 사기를 당했다면 찾아야 한다.

2년을 허송세월하며 보내게 할 수는 없었다.

"있던가요?"

"네, 보병학과에 재학 중입니다."

"아!"

딕스는 한시름 놓았다는 표정으로 가슴을 쓸어내렸다.

100골드란 든든한 자금이 있는 이상 작은형이 사기를 당했더라도 그의 생활비 정도는 충분히 지원할 수 있었다.

왕립 아카데미와 달리 하사관 양성소는 전액 장학금으로 운영된다.

그렇다고 돈이 아예 안 드는 것은 아니다.

"면회를 가시겠다면 제가 안내해 드릴게요."

다른 재능자들과 달리 딕스는 젤을 귀찮게 하지 않았다.

특권 의식을 내세우지도 않았다.

젤은 마법부 소속 시녀 중에서 가장 편한 보직을 얻은 것이다.

그래서 소년에게 도움이 될 일을 스스로 찾아보려고 애썼다.

"언제든 가능한가요?"

"아뇨, 토요일만 가능해요."

오늘은 수요일이었다.

3일 뒤에나 면회가 가능하다.

'니코 아저씨를 찾아봐야겠구나.'

하사관 양성소 출신인 니코의 인맥을 이용하여 작은형이 편히 양성소 생활을 할 수 있도록 도울 생각이다.

그러자면 시간을 내어 니코를 먼저 찾는 게 좋았다.

"젤, 저를 수도까지 호종해 주셨던 수도 방위군 소속 니코 하사관님을 찾을 수 있을까요? 어려운 부탁만 해서 미안해요."

"찾아볼게요."

"고마워요. 젤."

딕스는 시녀 젤이 있어 참으로 편했다.

그녀가 없었다면 모든 게 막막했을 터였다.

명목상 스승인 안토니오 백작에게 가졌던 반감조차 지금은 싹 사라진 딕스였다.

그가 눈앞의 젤을 시녀로 붙여주었다는 이유 때문이다.

*   *   *

마나 순환 수련법의 동화와 인지 단계를 이룬 딕스는 순환 단계를 수련했다.

순환은 자신의 속성에 맞는 마나를 인지한 상태를 벗어난 다음 단계다.

호수 주변에 넘치는 물의 마나.

인지 단계를 거쳐 정신에 오메가 물의 마나가 이미 자리를 잡은 상태.

딕스의 이 같은 상황은 굉장히 특이한 경우였지만 정작 당사자는 이 점을 대수롭지 않게 여겼다.

딕스의 정신에 보금자리를 튼 오메가 물의 마나! 전문용어로는 '물의 핵'. 이 녀석 덕분에 스물네 가지로 분류되는 물의 마나를 더 이상 편식할 필요가 없게 됐다.

'의식의 영역으로 마나를 끌어들인다. 의지 발현!'

쏴아아아악.

시원한 느낌의 마나가 그의 정신에 자리 잡은 물의 핵을 통해 의식 영역으로 향하는 길을 닦기 시작했다.

순환 단계의 첫 번째 과정이다.

이 과정을 마쳐야만 비로소 자신만의 마력 문장을 완성하기 위한 작업을 진행할 수 있게 된다.

출렁!

딕스의 정신에 자리 잡은 물의 핵이 주변에 퍼져 있는 물의 마나를 끌어당겼다.

그의 얼굴이 향한 곳의 수면이 기이하게 움직였다.

석상처럼 미동도 없는 그의 육체와 달리 정신은 고된 노동을 하고 있었다.

물의 핵이 끌어당길 수 있는 마나의 양은 수련자의 정신력과 비례한다.

열두 살 소년의 정신이란 사실 강하지도 그리 크지도 않다.

하지만 예지몽을 통해 끔찍한 경험을 한 그의 정신력은 또래에 비해 비약적으로 발전된 상태였다.

수련한 지 40분쯤 되었을까? 딕스는 수련을 중단했다. 정신의 피로감 때문이었다.

마나 순환 수련법엔 수련자가 경계해야 할 점들을 나열한 페이지가 있었다.

그중 하나가 피로감이 느껴지면 수련을 중단하고 휴식을 취하라는 대목이었다.

그늘을 찾은 딕스는 나무에 등을 기댔다.

왕궁의 외곽에 위치한 마법부. 여기서 더 외곽에 위치한 호수는 가끔 왕실 사람들이 야외 파티를 여는 장소로 활용됐으나 지금은 마법부 소속 물의 재능자들이 수련하는 장소로만 목적이 정해졌다.

마법부엔 딕스 말고도 네 명의 물의 재능자가 있었는데 오다가다 몇 번 마주쳤지만 그들 모두 딕스보다 나이가 최소 열 살 이상 많았다.

이들은 자신만의 마력 문장을 만드는 데 집중하고 있었다.

그래서인지 후배인 딕스에 대한 관심이 전혀 없었다.

딕스 역시 주위의 관심을 바라지 않았기에 오다가다 마주치면 목례를 하는 것으로 대강 안면만 익혀두었다.

참고로 딕스를 제외한 마법부 소속 재능자는 모두 서른네 명이다.

이중 불의 재능자가 가장 많아서 무려 열일곱 명이다. 다음은 바람의 재능자 아홉 명이고, 물과 땅의 재능자는 각각 네 명씩이었으나 딕스가 합류하면서 물의 재능자의 숫자는 다섯 명이 됐다.

딕스는 마법부 소속 재능자 중에서 가장 어린 신참이었다.

'코론 선배네.'

코론을 보았지만 수련장에서는 서로를 방해하지 않는 게 규칙이다.

코론의 뒤에는 그의 전담 시녀가 뒤따르고 있었다.

재능자에게 붙여진 전담 시녀 모두 흔히 볼 수 없는 미모의 소유자다. 딕스의 전담 시녀인 젤 역시.

'시녀는 왜 데리고 왔지? 수련에 방해만 될 텐데.'

또한 국가 차원에서 우대하는 재능자는 강력한 법적 보호를 받았다.

설사 잘못을 저질렀다고 하더라도 어지간한 일은 훈방 조치되었다.

그래서 이를 알고 악용하는 재능자도 더러 있었다.

딕스는 모르고 있었지만 재능자 대부분이 자신의 전담 시녀와 그렇고 그런 은밀한 관계를 맺고 있었다.

이는 상부에서도 묵인했다.

코론은 자신의 시녀와 함께 딕스의 시선이 닿지 않는 곳으로 사라졌다.

피로감이 많이 사라진 딕스는 다시 마나 순환 수련에 들어갔다.

수련을 오래하면 체내에 물의 마나가 조금씩 쌓인다.

이를 이용하면 일반인이 보기에 매우 신비한 능력을 선보일 수 있다.

현재 딕스의 경지로는 무리지만 수련을 오래한 다른 재능자들은 그러한 일이 가능했다.

마나 순환 수련법을 익히는 과정 중에 나타나는 부가적인 능력인데 이런 능력을 발휘하는 재능자는 이를 이용해 용돈벌이를 하곤 했다.

이 또한 역시 상부에서는 묵인해 주었다.

                    *   *   *

 상부에 외출 허락을 받은 딕스가 마법부를 나서자 두 명의
기사가 경호원으로 따라붙었다.

 이들은 재능자만을 위해 조직된 전담 경호팀 소속의 기사
들로 상급의 일반기사들로 구성되어 있다.

 스스로를 보호할 수단이 미약한 재능자는 왕궁 내에 위치
한 마법부에서만 생활하게 되어 있다.

 편의 시설이 완벽하게 갖추어진 마법부 건물과 그 일대는
재능자들이 지내기에 전혀 불편함이 없었다.

 다만 한정된 공간에서 누리는 자유라 오랫동안 이곳에서
생활하다 보면 스트레스가 쌓이는데 이 점을 해소시키기 위
해 재능자 각자에게 아름다운 전담 시녀를 붙여 스트레스를
풀게 했다.

 전담 시녀가 마음에 들지 않으면 언제든 교체할 수 있었다.

 그리고 재능자가 거주의 자유를 얻으려면 마법사가 돼야
했다.

 현재 공국에 정식으로 등록된 마법사는 세 사람으로 이 중
미혼인 안토니오 백작을 제외한 다른 두 명의 마법사는 수도
내 저택에서 가족과 함께 생활했다. 이들도 전담 경호팀이 항
시 따라붙었다.

"니코 아저씨!"

"오랜만에 뵙겠습니다, 딕스 님."

니코는 경호기사들의 눈치를 살피며 그를 반겼다.

딕스는 니코가 기사들을 어려워하는 것을 보았지만 저들을 물릴 수는 없었다.

저들의 결정에 따라 가까스로 받은 외출 허가가 당장 취소될 수도 있었다.

"주말인데 니코 아저씨를 귀찮게 해드렸네요."

딕스가 마법부를 나선 것은 작은형 마크를 만나기 위해서였다.

양성소에 동기가 많은 니코와 동행한다면 마크 형의 양성소 생활이 보다 편해질 터였다.

물론 니코가 사전에 마크 형에게 편의를 제공하겠다고는 말했지만 이렇게 직접 만나서 친밀감을 표시하면 보다 적극적으로 형을 도울 것이란 계산이 밑바탕에 깔려 있었다.

딕스는 니코에게 친밀감을 한껏 드러냈다.

"아닙니다. 언제든지 불러만 주십시오. 하하."

"다른 아저씨들도 잘들 계시죠?"

하나보단 넷이 낫다. 그래서 다른 사람들까지 언급하는 딕스다.

딱히 그들의 안부가 염려되거나 궁금하지는 않았지만 이

렇게 관심을 보임으로 얻을 이익을 무시해선 안 된다.

호의호식하며 편하게 지내는 자신과 달리 작은형 마크는 군기를 빡세게 잡는 양성소에서 피똥을 싸고 있을 터였다.

형제의 어려움을 어찌 무시한단 말인가.

할 수 있는 한 최대한 돕는 게 우애가 아니겠는가!

"외곽 근무가 있는 날이라 다들 오지 못했습니다. 모두 딕스 님께 안부를 전해달라더군요."

소년의 관심과 호의에 크게 감동한 니코가 환하게 웃으며 말했다.

마법사의 경호는 보수도 좋고 근무 여건도 상당히 좋아서 누구나 선호하는 자리다.

소년이 마법사가 될지 안 될지는 알 수 없다.

하지만 재능자인 딕스의 현재 위치만으로도 니코에겐 든든한 뒷배가 될 수 있었다.

딕스는 니코를 길잡이 삼아 하사관 양성소로 향했다.

깨끗한 건물과 도로, 말끔한 복장의 사람들이 북적이며 오가는 거리를 벗어나자 다소 한산한 거리로 접어들었다.

'잘 지내고 있겠지.'

작은형 마크가 별 탈 없이 양성소에 입소했음을 들었기에 마음을 크게 놓은 딕스였다.

형을 만나러 가는 이 길이 소년은 설레고 뿌듯했다.

자신이 재능자인 것을 알게 될 형의 표정은 과연 어떨까?
이를 상상하자 웃음이 입술을 비집고 절로 새어 나온다.

저 멀리 보이는 하사관 양성소 건물.

딕스는 발걸음을 빨리했다.

입구 경비병들의 간단한 검문을 받고 일행은 면회 장소로
이동했다.

니코가 미리 손을 쓴 것인지 독립된 면회 장소를 배정받았
다.

한참이 지나자 머리를 빡빡 깎은 새까만 얼굴의 앳된 청년
이 면회실 문을 열고 들어왔다.

정규군 기사 복장의 기사를 본 마크는 잔뜩 주눅이 들었다.

면회실을 살피던 마크의 눈에 딕스가 들어왔다.

하지만 그는 등을 돌리고 있었다.

'누구지?'

마크는 자신을 등지고 서 있는 소년이 막냇동생 딕스라고
는 상상조차 못했다. 마법부에서 지급한 소년의 의복은 누가
봐도 고급품이었다.

딕스가 천천히 등을 돌렸다.

부동자세로 굳어 있던 마크는 소년의 얼굴을 확인하자 크
게 놀라 입을 쩍 벌렸다.

씨익.

"까맣게 탔네, 작은형. 히히."

"디, 딕스? 네가 여기 왜? 그리고 그 옷은 또 뭐야?"

마크는 페논에 있어야 할 딕스가 귀족들이나 입을 법한 옷을 입고 눈앞에 서 있자 어리둥절했다.

"앉아. 니코 아저씨, 제 짐 좀 가져다주시겠어요."

"알겠습니다."

딕스의 말투는 정중했지만 내용은 분명 명령이었다.

마크는 이해할 수 없다는 표정으로 딕스를 보았다.

그는 문가에 서 있는 두 기사를 흘끔거리며 목소리를 낮췄다.

"딕스, 무슨 일이야? 네가 여긴 왜 있는 거야?"

"형 보러 왔지. 그런데 왜 그리 떨어?"

"내가 안 놀라게 생겼어? 대체 무슨 일이야?"

"말했잖아. 형 보러 왔다고."

"얌마, 그 얘기가 아니잖아. 고향에 있어야 할 네 녀석이 여긴 왜 있는 거냐고!"

답답한 마음에 언성을 높였던 마크는 기사들이 자신을 쳐다보자 급히 입을 닫았다.

니코가 커다란 바구니 두 개를 가져왔다.

이것은 양성소로 오면서 딕스가 구입한 음식들이었다.

니코에게 들으니 훈련생들은 늘 배고프다고 했다.

그래서 큰맘 먹고 요리를 잔뜩 구입했다.

탁자에 음식이 펼쳐졌지만 마크는 음식에 손도 대지 않고 딕스의 얼굴만 뚫어져라 응시했다.

딕스는 자신이 여기 있는 이유를 밝히기 전에는 형이 음식에 손대지 않을 것임을 알고는 최대한 천천히 설명했다.

고생해 보란 심보로.

그의 설명을 들은 마크의 눈이 더할 나위 없이 커졌다.

마크도 한때 자신이 재능자였으면 좋겠다는 상상을 하곤 했었다.

한데 자신의 바람이 동생에게서 나타났으니 마크의 놀라움은 이루 말할 수 없었다.

"정, 정말이야. 딕스?"

"보면 모르겠어."

딕스는 여유를 잔뜩 부리며 어깨를 으쓱거렸다.

마크 형이 자신을 이런 눈으로 쳐다볼 날이 있을지는 꿈에도 생각하지 못했다.

마음이 절로 우쭐해졌다.

"참, 니코 아저씨. 이 사람이 제 형 마크입니다."

딕스는 니코에게 둘째 형을 정식으로 소개했다.

니코는 친절한 표정으로 자신이 그의 선배 기수라는 것을 밝힌 뒤 격려를 아끼지 않았다.

선후배 간 위계질서를 중요시하는 하사관 양성소다.

그 말이 떨어지자마자 발딱 일어선 마크는 니코에게 자신의 학번과 학과를 우렁차게 말한 뒤 군기를 칼같이 세우며 경례를 붙였다.

니코는 사람 좋은 웃음을 지으며 이런 마크를 격려했다.

대선배의 격려에 마크는 얼굴까지 붉히며 크게 기뻐했다.

양성소에 들어와 생활하다 보니 인맥이 굉장히 중요하다는 것을 뼈저리게 체감하고 있었기에 니코의 격려는 마크를 울컥하게 만들었다.

"감사합니다. 선배님."

딕스는 니코에게 밖에 나가 있어줄 것을 부탁했다.

그러면서 동기분들을 만나야 하지 않겠냐는 말을 넌지시 했다.

니코는 딕스가 자신에게 무엇을 요구하는지 금세 알아차렸다.

그에게는 따로 음식 바구니 하나가 들려져 있었다.

이것도 딕스가 미리 구입한 것이다.

'돈 좀 쥐어줄 걸 그랬나?'

음식만 들려서 니코를 보낸 게 잠시 마음에 걸렸지만 채근하는 형의 눈빛 때문에 이 생각을 곱게 접었다.

"먹어, 훈련생은 늘 배고프다고 들었어."

눈앞에 펼쳐진 음식은 마크에게는 지나치게 호사스러웠다.

태어나 단 한 번도 본 적 없는 풍성한 식탁.

"휴⋯⋯. 부모님은 어떠셔?"

충격이 점차 가신 마크가 천천히 본래의 모습을 되찾았다.

"형의 불효를 내가 만회했지."

마크의 손이 잘난 척하는 딕스의 머리통으로 무의식적으로 뻗어나갔다. 습관이다.

그런데 그때, 살갗을 찌르는 날카로운 안광에 마크는 흠칫 놀라 손을 움츠렸다.

딕스는 자리에서 일어나 기사들에게 자리를 피해줄 것을 부탁했다.

위험한 장소가 아니기에 두 기사는 고개를 끄덕이며 밖으로 나갔다.

그제야 마크의 표정이 크게 풀렸다.

딱!

"아얏! 뭐야! 기사 아저씨들 부른다."

"이 형님을 놀라게 만들고 놀린 벌이다. 그리고 형님이 오셨는데 뒷짐 지고 폼을 잡아!"

두 눈을 부라리며 으르렁거리는 형의 모습에 딕스는 움찔했다.

그러나 딕스를 바라보는 마크의 두 눈엔 진심 어린 기쁨이
가득 담겨 있었다.

와락!

마크가 딕스의 몸을 잡아당기더니 땀 냄새 가득한 품으로
꼭 껴안았다.

"반갑다, 딕스. 그리고 고맙다. 이 녀석아. 하하하."

형의 품에 안긴 딕스는 시큼한 땀 냄새가 못마땅했지만 마
크의 진심이 전달되자 투덜거리지 않았다.

타향에서 해후한 두 형제는 한참을 웃고 떠들며 시간을 보
냈다.

딕스가 돌아갈 시간이 되자 마크는 큰형 테일의 안부를 물
었다.

"큰형은 만났냐?"

마크의 얼굴에 그늘이 살짝 깔렸다.

둘은 형제였지만 경쟁자였다.

집안의 장남이란 이유로 부모님의 지원을 독차지했던 테
일.

그와 반대로 마크는 위에서 치이고 아래에서 치이는 차남
만의 전형적인 고충에 시달렸었다.

이로 인해 테일과 마크는 수시로 싸우곤 했다.

삐딱하게 시비 거는 것은 늘 마크였다.

"큰형은 아직 보지 못했어."

"나 먼저 찾은 거야?"

마크의 얼굴에 기쁨이 드러났다.

집안의 관심과 인정은 늘 큰형 테일의 차지였다.

누나와 동생도 그럴 것이라 생각했는데 딕스의 말을 듣자 그러한 섭섭함이 많이 누그러졌다.

딕스는 마크가 큰형에 대해 열등감을 갖고 있는 걸 알았다.

그 열등감이 거친 성격으로 자주 표현됐다.

그럴 때마다 피해를 입은 건 딕스였다.

하지만 악감정은 없었다. 혈육이기 때문이다.

"그래, 형이 제 앞가림 잘하는지 걱정되더라고. 그래서 형부터 찾아온 거야. 히히."

"이 녀석이!"

벌컥 화를 냈지만 마크의 눈은 웃고 있었다.

툴툴거리는 말투와 달리 막냇동생이 찾아와 준 것을 굉장히 반가워했다.

힘든 훈련을 받을 때마다 생각나는 건 가족이었다.

큰형이 같은 수도에 있지만 쉽게 찾아갈 수 없었다.

어린 시절 늘 비교의 대상이었던 만큼 큰형 테일은 마크에게 쉽게 다가갈 수 없는 존재였다.

이런 두 사람의 가교 역할을 딕스가 어릴 때부터 했었다.

물론 그가 하고 싶어서 한 게 아니다.

늘 밖에서 얻어터지고 들어오는 막냇동생, 즉 외부의 문제가 테일과 마크를 형제애로 똘똘 뭉치게 한 것뿐이다.

딕스는 형의 주먹이 머리 위에서 놀자 급히 목을 움츠리며 뒤로 상체를 뺐다.

"여전히 겁은 많아가지고."

"쳇! 이건 반사 신경이야."

"그래, 너 잘났다. 재능자 나리."

"이제 가봐야 할 것 같아. 자주는 못 올 거야."

딕스의 말에 마크는 고개를 주억거리며 동생의 어깨를 툭툭 쳤다.

"뭔 일 있음 이 형님 불러라. 우리 막내 괴롭히는 놈은 이 형님께서 다 무찔러 주마."

"알았어. 몸 조심해. 그리고 부모님께 먼저 연락드려. 아무래도 형이 연락하는 게 좋을 것 같아서. 말씀 안 드렸어."

마크의 얼굴이 시무룩해졌다.

누나의 혼수 자금을 훔쳤다. 그 생각만 하면 면목이 없었다.

"어머니는?"

"엄마 성격 몰라서 물어."

"그렇지."

아무리 장성해도 어머니의 이름을 들으면 괜히 눈시울이 붉어지고 가슴이 먹먹해진다.

더욱이 평생 고생만 하신 어머니다.

호강시켜 드려도 모자랄 그런 소중한 어머니의 가슴에 대 못을 박지 않았던가.

딕스가 느끼는 어머니에 대한 감정보다 마크의 감정이 더욱 격하고 슬퍼지는 건 바로 이 때문이다.

딕스는 둘째 형의 눈가가 축축해지는 것을 보았다.

이를 보자 마음이 절로 심란했다.

'우리 삼 형제가 보란 듯이 성공해서 어머니 호강시켜 드리면 되잖아.'

딕스는 스스로에게 다짐했다. 이 마음은 마크도 그와 다를 바 없었다.

형제는 한동안 아무런 말없이 그렇게 앉아 있다가 헤어졌다. 다음을 기약하며.

*   *   *

마크를 만난 후 딕스는 큰형 테일이 재학 중인 왕립 아카데미로 향했다.

국가의 핵심 인재들을 키우는 곳답게 넓은 부지를 자랑하고 있었다.

건물도 100년 이상 된 석조 건물이 즐비했다.

딕스는 면회를 신청한 뒤 큰형을 기다렸다.

진중하고 사려 깊은 큰형 테일은 늘 바쁜 아버지를 대신하여 집안을 돌보고 형제들을 지켜주는 울타리 같은 역할을 했다.

어떤 때 보면 어머니가 아버지보다 큰형을 더 의지하고 있다는 생각이 들 정도였다.

한참을 기다려도 큰형이 오지 않자 딕스는 면회실 책임자를 만났다.

"한 시간 전에 면회 신청을 했는데 아직 안 와서 그러는데요. 다시 한 번 연락해 주시겠어요."

아카데미는 귀족가의 아이들이 대거 공부하는 곳이다.

그래서 딕스가 기사 두 명을 경호원으로 대동했지만 양성소와 달리 이곳의 대우는 평범했다.

"외출했다면 면회가 안 될 수 있소."

"외출이요?"

딕스는 수도에 아무런 연고도 없는 큰형이 외출했을 것이라곤 생각조차 하지 않았다.

그래서 면회 담당자의 말에 살짝 놀랐다.

'간신히 외출 허가를 받았는데 이럼 곤란하잖아.'

안타까운 마음이 들었다. 시간을 보니 마법부로 돌아가야
할 시간이 점점 가까워지고 있었다.

아까부터 두 기사가 재촉했다.

딕스는 큰형 테일을 만나는 일을 잠시 미루기로 했다.

하사관 양성소와 달리 왕립 아카데미의 생활은 그리 빡세
지 않다고 들었다.

다음을 기약해도 별 탈 없을 것이라 생각했다.

"알겠습니다. 신경 써주셔서 감사합니다."

사무적인 태도로 일관했던 면회 담당자에게 공손하게 인
사한 딕스는 면회실을 나섰다.

그때, 한 무리의 학생이 교문을 향해 걸어오고 있었다.

'저 새끼, 데일이잖아!'

딕스의 까만 눈동자에 순간 분노가 서렸다.

데일은 딕스와 안면이 없었기에 그의 곁을 그냥 지나쳤다.

이때, 딕스의 형 테일의 이름이 데일의 입에서 거론됐다.

"테일 그 자식 지금 똥줄이 탈 거야. 킬킬."

데일의 말에 학생 하나가 우려의 표정을 지었다.

"괜찮을까?"

"그 새끼가 내 이름을 언급할 리 없어."

"네 이름은 거론하지 않겠지만 우리는 다르잖아?"

딕스는 잔뜩 굳은 표정으로 데일 일행을 뒤따랐다.

친구의 말에 데일이 자신만만한 태도로 말했다.

"우리를 걸고 넘어져도 우린 발뺌하면 돼. 그리고 평민 새끼의 말을 믿겠어, 귀족인 우리 말을 그들이 믿겠어? 거기다 우린 그곳의 단골이잖아. 나중에 왕창 팔아주면 돼."

"하긴, 일이 잘못되면 돈으로 막으면 되니깐."

이들의 말을 통해 딕스는 지금 큰형 테일이 놈들의 흉계에 걸려 곤란한 상황에 처했음을 알 수 있었다.

부르르르.

지금 당장 데일의 멱살을 쥐어흔들고 싶었지만 이는 경솔한 짓이었다.

재능자가 국가의 재원이라면 왕립 아카데미 학생들도 그 못지않은 대우를 받았다.

아카데미 학생 대부분이 귀족 가문의 출신이다 보니 저들의 가문이 정치적 영향력을 발휘한다면 재능자 한 명쯤은 쥐도 새도 모르게 매장시킬 수 있는 노릇이다.

왕권이 강한 공국이지만 귀족들의 힘도 무시할 수 없다.

더욱이 자신은 세력이 전무한 일개 재능자고 저들은 귀족들의 자제이다.

저들의 부모 중엔 영주도 있을 테고 고위직에 있는 관리도 있을 터였다.

끼리끼리 노는 귀족들의 오만한 습성을 생각하면 자신의

행동이 저들의 결집을 불러올 수도 있었다.

정면으로 부딪치면 박살나는 건 자신이다.

딕스는 놈들이 눈치채지 못하도록 뒤따르며 청각을 돋우었다.

'대체 테일 형에게 무슨 일이 있는 거야?'

답답했지만 놈들을 채근할 수는 없었다.

"못해도 30골드는 나올 거야."

"그렇겠지. 거긴 고급 귀족들만 드나드는 주점이니까. 크큭."

"30골드면 그놈 처지에 몇 달은 아르바이트를 해야겠군."

"그렇지. 그럼 학업을 등한시할 수밖에 없을 거야. 평민 새끼가 공부 잘한다고 으스대는 꼴을 더는 안 봐도 된다는 의미지."

"역시 데일이야. 그런 쪽으로는 머리가 비상하단 말이야."

데일과 한 무리의 학생은 교문 옆 넓은 터에 정차한 마차에 오르기 시작했다.

딕스는 이들의 대화를 통해 고급 귀족들이 드나드는 주점에 큰형이 감금되었음을 알 수 있었다. 문제는 그 고급 주점의 이름을 모른다는 것이었다.

'데일 저 개자식이 큰형을 괴롭힌다는 얘기는 들었지만 이렇게까지 괴롭히고 있었다니.'

속이 부글부글 끓어오른다.

당장 쫓아가 놈의 면상을 박살 내고 싶다. 하지만 참아야
한다.

데일에 대한 딕스의 원한이 더욱더 커지고 있었다.

딕스는 자신을 호종하는 두 기사에게 고급 귀족들이 드나
든다는 주점에 대해서 물었다.

몇 군데가 그들의 입을 통해서 나왔다.

다행인 것은 이들 주점이 수도 중심가에 몰려 있다는 점이
다.

발품을 판다면 큰형을 구출할 수 있을 것 같았다.

*   *   *

라제르 주점.

공국의 수도 카라힐의 번화가에 위치한 이곳은 귀족들만
출입할 수 있는 곳으로 평민의 출입을 일체 금지했다.

하지만 왕립 아카데미 출신과 귀족이 대동한 평민에 대해
서는 예외를 두고 있었다.

테일은 지금 고급 주점 라제르에 잡혀 있었다.

금요일 수업을 마친 뒤 데일이 몇몇 학우와 함께 자신을 끌
고 이곳에 와서는 진탕 먹고 마셨다.

그들이 권하는 술을 극구 마다했지만 데일의 협박과 강압에 몇 잔 받아 마신 게 화근이 됐다. 놈들이 술에 수면제를 탔을지는 상상도 하지 못했던 것이다.

자고 일어나 보니 데일과 학우들은 모두 가버리고 그만 남아 있었다.

그리고 그에게 던져진 계산서엔 30골드란 어마어마한 거금이 적혀 있었다.

장학금과 집에서 붙여주는 얼마간의 돈으로 생활하던 테일에게 30골드는 감당할 수 없는 거금이었다.

돈이 없으니 종업원이 주는 수모와 모욕을 고스란히 감당할 수밖에 없었다.

"잘 처먹고 배 째라는 거야 뭐야? 이거 아카데미 학생이라고 봐주려고 했더니 안 되겠군. 어디 한 군데 부러뜨려 놔야 정신을 차릴 새끼네."

덩치 큰 종업원에게 둘러싸인 테일은 난처했다.

그들이 무서워서가 아니라 이 상황이 그로서는 막막했을 뿐이다.

데일의 간교한 말에 속아 여기 오는 게 아니었다.

후회가 몰려왔지만 이 어려움을 피할 방법은 없었다.

주머니를 탈탈 털어도 20실버뿐이다.

그리고 데일이 무슨 말을 해놓았는지 자신들이 알 바 아니라며 으름장을 놓았다.

"돈이 없습니다."

"뭐야? 이 자식이 돈이 없다면 다야? 엉!"

종업원은 당장에라도 테일의 멱살을 잡을 듯이 접근했다.

상대의 덩치가 크고 주변에 여러 명이 있었지만 어릴 때부터 무술을 단련하고 아카데미에서도 기사 수업을 받은 테일이 싸우고자 하면 질 리는 없었다.

하지만 법적으로 잘못은 자신이 저질렀다.

그리고 이 일이 아카데미에 알려졌다간 정학 처분을 당해도 변명조차 못할 상황이었다.

데일이나 다른 귀족 학우들의 이름을 판다면 정학 처분은 면할 수 있겠지만 그리했다간 가족들에게 위해가 가해질지 모를 일이었다.

데일이라면 충분히 그러고도 남을 인물이다.

"어, 어찌하면 되겠소."

"그 말은 몸으로 때우겠다는 거냐?"

"그렇게 해서 해결된다면 하겠소."

종업원들 뒤에 서 있던 주점의 지배인의 얼굴에 기이한 미소가 어렸다.

지배인이 앞으로 걸어 나왔다.

"그 말 진심이냐?"

테일은 날카로운 눈매를 가진 지배인을 쳐다보며 고개를 끄덕였다.

"그렇소. 하지만 불법적인 일은 할 수 없소."

"자네에게 30골드는 매우 큰 금액일 거야. 이곳에서 아르바이트로 일한다고 해도 몇 년은 해야 돼. 더욱이 자네는 아카데미 학생이지. 그러니 매일 출근할 수 없을 테니 시간이 더 걸리지. 우리도 땅 파먹고 장사하지 않는 이상 자네가 먹은 외상값에 이자를 붙여야 해."

"이자를?"

테일은 크게 당황했다.

"그래, 한 달에 3골드의 이자가 붙어. 감당할 수 있나? 그리고 이자를 못 내면 다음 달엔 이자의 이자도 붙어. 금액이 기하급수적으로 늘어난단 말이지."

어림 반 푼어치도 없다.

영지에서 기사로 근무하는 아버지의 월급이 고작 2골드다.

한데 무슨 수로 한 달에 3골드의 이자를 낸단 말인가.

더욱이 원금 얘기를 안 하는 것으로 봐선 원금은 그대로인 듯하다.

이래저래 지배인의 요구를 들어주지 않으면 힘들 것만 같았다.

문제는 지배인의 어투에서 자신을 이용할 데가 있다는 식으로 들렸다.

지배인은 느긋한 태도로 테일이 입을 열 때까지 기다렸다.

"내가 뭘 하면 되오?"

테일이 말하자 지배인의 입가에 진한 미소가 어렸다.

"힘든 일은 아니야. 검투사라고 들어봤나?"

"그… 그건 불법이잖소!"

"아직도 정신 못 차렸군. 만약 이 일을 우리가 아카데미에 알린다면 자네 어찌 될 것 같나? 그것도 평민 장학생인 네 앞날이 말이야."

테일은 그가 자신의 모든 것을 미리 조사했다는 생각에 움찔했다.

이 사실이 아카데미에 알려진다면 큰 처벌이 떨어질 터였다.

"……."

"아무 말도 못하는 것을 보니 내 말뜻을 알아들었다는 애기로 해석해도 되겠지. 그리고 불법적인 일이라서 누가 자네의 얼굴을 보더라도 신고할 사람은 없어. 그리고 용돈도 두둑하게 벌 수 있지. 30골드? 자네에겐 거금이겠지. 하지만 잘나가는 검투사에게 그 정도는 애들 과자 값이야. 물론 승승장구해야 하지만 말이야."

아카데미 학생을 검투사에 세운다면 훌륭한 이벤트가 된다.

이 점을 직시한 지배인은 테일이 데일의 흉계에 걸려든 것을 알았지만 이를 묵인했다.

그들은 주점의 귀한 고객들이다.

더욱이 귀족가의 자제들이니 괜히 이 일을 터뜨렸다간 세금 조사니 뭐니 하면서 사태가 복잡해질 수 있었다.

그러니 만만한 테일을 건드리는 것이다.

그리고 이 일로 인해 그들과 연줄을 댈 수도 있다.

지배인 입장에서는 일거양득인 셈이다.

테일의 고민은 더욱더 깊어졌다.

이 일을 받아들인다면 코앞에 닥친 어려움을 해결할 수 있었다.

문제는 자칫 이 일이 외부에 알려진다면 자신만 믿고 있는 집안의 기대를 저버리게 된다.

테일은 자신이 벗어날 수 없는 늪에 빠졌다는 생각이 들었다.

그때, 이곳으로 누군가 헐레벌떡 들어왔다.

그는 잠시 테일을 바라보더니 지배인의 귀에 대고 귓속말을 했다.

여유 만만하던 지배인의 얼굴색이 빠르게 변했다.

"나가자. 너희는 저 녀석을 잘 지켜라."

지배인이 서둘러 자리를 떠났다.

　　　　*　　　　*　　　　*

　근방의 고급 주점을 모조리 뒤진 끝에 딕스는 라제르 주점이 데일과 그 패거리의 단골집이라는 것을 알아냈다.

　고급 유흥 주점이 밀집한 이곳에서 데일과 그 패거리는 나름 유명했다.

　딕스는 초조한 마음을 감추기 위해 애썼다.

　주점에 들어온 이후 두 기사는 주변을 경계하며 언제든 출수할 수 있는 자세로 그의 뒤에 서 있었다.

　규칙상 이곳에 딕스가 있으면 안 되지만 그의 청이 하도 간곡하여 마지못해 들어주었다.

　테일을 감금한 장소에서 나온 지배인이 딕스 앞에 섰다.

　그는 두 기사의 복장을 보곤 흠칫했다.

　왕궁 소속 기사들의 복장이었기 때문이다.

　'모양새를 보면 저 소년을 경호하는 것 같은데 왜 테일을 찾는 거지?

　"이곳에 왕립 아카데미생 테일이 잡혀 있다고 들었습니다."

　상대의 반감을 사지 않도록 딕스는 일단 겸손한 말투를 사용했다.

지배인은 곤란한 표정으로 딕스를 보았다.

테일에게 불법적인 검투사 이야기를 꺼낸 순간 자신이 법에 저촉되는 짓을 저지른 범죄인이란 것을 증명할 증인을 만들게 됐다.

이 일이 외부에 알려졌다간 곤란을 겪을 게 뻔했다.

"무슨 말씀이십니까? 저희는 주점이지 감옥이 아닙니다만."

딕스의 신분을 정확하게 모르는 이상 예의를 차릴 수밖에 없었다.

지배인은 기사들의 눈치를 살피느라 여념이 없었다.

"알아요. 이곳이 주점인 건."

딕스의 말이 끝나기 무섭게 상당히 헐벗은 젊은 여자들이 종업원을 따라 룸으로 가고 있었다.

접대부가 고용된 고급 술집이라!

외부도 그렇고 내부도 돈을 덕지덕지 처바른 곳이다.

이런 곳에 젊고 아름다운 접대부까지 있으니 술값은 일반인의 상상을 초월하지 않을까 싶다.

테일과 그 패거리가 언급한 30골드가 이곳에선 하룻밤 술값으로 나올 수 있을 법했다.

딱딱한 딕스의 표정을 살피며 지배인이 물었다.

"한데 소공자께선 왜 그 같은 말을 하시는 겁니까?"

"다 알고 왔어요. 데일 데 페논과 그 친구들이 동기인 테일을 놀리기 위해 장난친 사실을 말이죠. 그들에게 다 듣고 왔으니까 회피하지 않았으면 좋겠군요. 제가 성질이 아주 지랄같은 구석이 있답니다. 거짓말을 들으면 발작하는 아주 괴상한 지랄병이죠. 흠, 저기 기름등잔이 있네요. 이런 고급 술집에 기름등잔이라……. 장식용인가요? 참 마음에 드네요. 크기도 크고 예쁘기도 하고 말이에요."

딕스는 기름등잔을 이리저리 흔들었다.

묵직한 것이 장식품이 아니었다. 언제든 불을 붙일 수 있는 등잔이었다.

딕스의 입가에 사악한 미소가 걸려 있다.

지배인은 이맛살을 찌푸리며 딕스의 행동을 쳐다보았다.

'뭐야? 불을 지르겠다는 협박인가?'

딕스는 자신을 빤히 응시하는 지배인이 잘 볼 수 있도록 기름등잔을 이리저리 흔들자 등잔이 곧바로 바닥에 떨어졌다.

기름통에 들어 있던 기름이 거울처럼 매끈한 대리석 바닥으로 퍼져 나갔다.

지배인의 얼굴이 잔뜩 굳어진다.

"신고하겠습니다."

"이런, 기물 파손죄가 성립되겠군? 제가 한 짓이."

딕스는 또 하나의 기름등잔을 바닥에 떨어뜨리며 웃었다.

지배인의 얼굴이 점점 사색이 되어갔다.

뒤에서 이를 보던 덩치 큰 술집의 가드들 역시 마찬가지였다.

그들은 소년이 저지르는 짓거리에 황당함을 금치 못했다.

이는 그를 호종하는 두 기사 역시 같은 심정이었다.

퍽! 퍽! 퍽!

딕스는 계속하여 기름등잔을 바닥에 떨어뜨렸다.

그럴수록 지배인의 표정은 점점 하얘졌다.

"그, 그만하시오. 대체 왜 이러시오! 법이 무섭지도 않소!"

"사소한 일인데요 뭐. 그것도 어린아이가 한 실수. 제가 어리지만 수전증이 있어요. 그리고… 여기 좀 춥네요. 불이 있었으면 하는데."

그의 표정과 행동에선 불을 지르겠다는 태도가 여실히 보인다.

딕스가 가진 면책권도 방화 같은 중죄를 무마시킬 수는 없었다.

이를 알기에 소년은 적정선에서 상대를 협박하는 데 전심전력을 다하고 있었다.

상대가 자신을 똘끼 가득한 녀석으로 믿어주길 바라면서.

'제발 넘어가라. 넘어가!'

속이 타는 것은 딕스 역시 마찬가지였다.

그러나 지배인만큼은 아니었다.

"대, 대체 테일과는 어떤 사이입니까? 그리고 소공자의 신분은?"

"나요? 별 볼 일 없는 소년이죠. 아니, 많이 잘생겼으니 별빛 같은 미소년으로 해두죠."

지배인은 눈앞의 이 소년이 제대로 숙성된 미친놈으로 보였다.

그렇지 않고서야 어찌 저런 행동을 하겠는가.

가슴이 답답해진 지배인은 두 기사를 보았다.

말려보란 눈빛이다.

하지만 이들은 딕스가 주점에 들어오기 전에 자신의 신변에 문제가 발생하지 않는 한 절대 나서지 말아줄 것을 거듭 당부받았다.

그러한 당부가 통했는지 기사들은 상황만 지켜볼 뿐 석상처럼 자리만 지키고 있었다.

"잠깐만 기다리십시오."

딕스가 또 다른 등잔에 손을 대자 크게 놀란 지배인이 소리쳤다.

상식이 통하지 않는 무식한 꼬맹이!

지배인의 뇌리에 박힌 딕스에 대한 평가였다.

싱긋.

딕스는 천진난만한 표정으로 지배인 앞에 섰다.

그러곤 그가 상체를 숙이도록 손짓한 뒤 지배인에게 귓속말을 했다.

"저 자학도 잘해요. 근데 제가 다치는 걸 아주 많은 사람이 원하지 않아요. 한번 보실래요? 아니면 테일을 저에게 넘겨주실래요."

꿀꺽.

미쳤다. 제대로 미친 꼬맹이다.

지배인은 잔뜩 일그러진 얼굴로 두 기사를 보았다.

두 기사는 모르쇠로 일관했다.

"너, 넘기겠습니다. 하지만 그를 데려가려면 외상값을 갚아야 합니다."

"얼마죠?"

"30골드입니다."

"휴우, 많이 먹었네요. 근데 그 많은 걸 테일 혼자 먹었나요?"

"그, 그건……."

"그럴 것이라고 생각했어요."

딕스는 품에서 5골드를 꺼내어 지배인의 손에 쥐어주었다.

"이건?"

"테일을 포함해 여섯 명이 여기서 먹었으니 한 사람당 5골드만 지불하면 되지 않나요?"

"그, 그렇긴 하지만⋯⋯."

"설마 30골드를 전부 테일에게 내라고 하시는 건 아니겠죠? 참, 저기 저 벽이 강할까요? 아니면 제 머리통이 강할까요? 한번 저 벽에 제 머리를 박아볼까요? 아마 이후 재미있는 상황이 벌어질 것 같은데요. 구경해 보실래요, 아저씨?"

지배인은 속으로 앓는 소리를 냈다.

'테일 그 녀석이 내 얘기를 다 들었다. 만일 그놈이 요 사악한 꼬맹이에게 다 고해바치면 곤란해진다. 어쩌지.'

딕스의 신분이 어찌되는지는 모르지만 왕궁 소속 기사들을 경호원으로 달고 다니는 것으로 봐선 꽤 높은 신분일 것이다.

지배인은 이 상황이 참으로 난처했다. 이러지도 저러지도 못하는 상황.

자해 공갈범에 협박범으로 변신한 딕스는 지배인의 태도에서 그가 무언가를 크게 주저하는 것을 볼 수 있었다.

'이 정도면 내놓을 법도 한데⋯⋯. 이상하네?'

딕스는 다른 무언가가 지배인의 발목을 잡고 있다는 생각이 들었다.

자신의 막돼먹은 불한당 같은 짓거리에도 쉽게 테일을 내놓을 수 없는 아주 중요한.

"지배인 아저씨."

"……?"

"저랑 둘이서 얘기 좀 할래요?"

"무슨?"

"테일을 쉽게 내놓지 못하는 사정이 있는 것 같은데. 그것도 누군가 들어선 안 될……."

말끝을 살짝 흐린 딕스는 지배인의 표정을 유심히 살폈다.

사람 다루는 데 나름 일가견이 있는 지배인이었지만 딕스의 행동이 상식을 초월했기에 이러한 노하우를 발휘할 틈도 없었다.

딕스는 지배인과 면담할 게 있다며 두 기사에게 기다려 줄 것을 당부했다.

그러자 두 기사는 무조건 동행해야 한다며 고집을 피웠다.

지배인은 기사들의 행동을 소년에 대한 충성심으로 해석했다.

'대체 저 소년은 누구지?'

더욱더 답답해지는 지배인이었다.

제6장

견습 마법사가 되다!

짝짝짝!

궁지에 몰린 지배인은 테일에게 제안한 모든 내용을 털어 놓았다.

그러자 딕스가 연방 박수를 치며 좋아했다.

소년의 괴행에 지배인은 더욱더 가슴이 서늘해졌다.

"그런 사소한 일로 저의 소망과 부탁을 거절했군요. 난 뭐, 역적질을 하려다 들킨 사람인줄 알았네요."

지배인의 표정이 핼쑥해졌다.

반역이란 말은 근거와 정황을 따지지 않고 일단 잡아 고문

부터 하고 본다.

이러니 지배인이 당황하지 않을 수 없었다.

더욱이 상대는 왕궁 소속 기사를 대동한 자가 아닌가.

"역, 역적질이라뇨. 절대 그런 일은 없습니다."

"그렇군요. 한데 라제르의 주인은 누군가요?"

"주인님은 왜?"

"그냥 궁금해서요."

"그분은 지금 외국에 나가 계십니다."

"그렇군요. 그럼 이 주점의 모든 책임은 지배인님이 지시겠네요?"

"그, 그렇습니다."

지배인은 눈앞의 이 꼬맹이가 무슨 말을 할지 벌써부터 겁이 나 식은땀마저 흘리고 있었다.

"지배인님, 검투사 경기는 주점의 주인도 알고 있나요?"

지배인은 입을 꾹 닫고 눈알만 굴렸다.

이를 놓치지 않는 딕스였다.

"주인을 걱정하는군요. 혹시 주인과 친인척?"

지배인의 얼굴이 잔뜩 일그러졌다. 그러고 보면 딕스를 만나본 이후 지배인의 얼굴은 잠시도 펴지지 않았다.

딕스는 혼자 답을 내렸다.

"맞군요. 후훗."

"음, 제 매형 되십니다."

체념한 지배인이 대답했다.

"아! 매형이군요. 그럼 권한이 좀 있겠네요, 지배인님."

"뭘 바라십니까? 이왕 이리 된 거 테일을 풀어주겠습니다."

"그냥 풀어주면 안 되죠. 제가 5골드나 썼는데. 더구나 제가 술을 마시고 안주를 먹었나요? 그리고 접대부의 손이라도 한 번 잡았나요? 전 그런 적이 없어요. 그러니 제 주머니에서 돈이 나간 건 이치에 맞지 않죠? 안 그런가요?"

"그건… 테일의 외상값을 대신 내신다고……."

"맞아요. 그건 테일의 외상값이죠. 하지만 지배인님이 불법을 자행했잖아요. 듣기로 범죄를 신고하면 포상금이란 게 나온다고 하던데요."

딕스는 고지식하고 지나치게 성실한 큰형이 불법적인 일을 강요받으며 받은 정신적 손해배상을 톡톡히 받아내고 말겠다는 결심을 했다.

지배인은 딕스가 뇌물을 받아 챙기는 부정한 관료처럼 보였다.

그래서 자신의 손에서 해결할 수 있는 일이라면 사비를 털어서라도 이 일을 무마해야겠다는 생각을 했다.

마음을 이리 먹자 지배인의 표정이 확 달라졌다.

뇌물이란 상호 간에 거래가 성립됨을 뜻한다.

이 일을 빌미로 이 소년을 이용할 수 있는 근거를 마련할 수 있는 것이다.

지배인의 이러한 생각을 읽은 걸까? 딕스의 표정에 한기가 감돌았다.

"뭔가 착각하고 계시네요. 지배인님."

"……?"

"이 일이 알려져도 전 타격이 없어요. 제가 저지른 어지간한 잘못은 제 윗선에서 다 해결해 주거든요. 하지만 지배인님도 그럴까요? 보니까 주점이 아주 크고 고급스럽던데 돈도 많을 것 같아요. 이놈 저놈 달라붙어 뜯어먹기 참 좋을 것 같아요."

고단수다! 바늘 틈 하나 없는! 이것이 지배인이 본 딕스였다.

대체 저 나이에 무슨 교육을 받고 자라면 저리 영악해질 수 있을까 싶었다.

"그렇군요. 그러고 보니 제가 얼마 전 돈을 잃어버렸습니다. 이 방에서요. 한 20골드쯤 되죠."

딕스는 지배인이 돈으로 이 일을 무마하자는 말을 돌려서 하는 것임을 알아차렸다.

의도한 일이니 금세 알아차리는 건 당연하다.

"푼돈이네요."

20골드가 어찌 푼돈이겠는가. 하지만 딕스는 지금 배짱을 부렸다. 속으론 너무나 좋아서 심장이 방망이질하고 있었지만.

"음, 삼십 골⋯⋯."

"안 들리네요."

"오, 오십⋯⋯."

"뭐라고 하셨어요?"

"유, 육십⋯⋯."

"크게 말해봐요."

지배인은 한동안 입을 꾹 닫았다.

한참이 지난 후 지배인은 죽을상을 하며 100골드를 불렀다.

"이런, 상심이 크시겠어요."

"그렇죠⋯⋯. 상심이 큽니다. 아주 많이요. 끙."

앓는 소리를 내던 지배인이 눈길로 커다란 밤색 책상을 가리킨 뒤 차를 내오겠다며 자리를 비웠다.

딕스는 지배인이 눈길을 준 곳을 뒤졌다.

서랍을 열자 두 개의 주머니가 있었다.

'한 개당 100골드네. 어디 상납하려고 준비한 것인가?'

욕심은 두 개를 가지라고 했지만 욕심이 과하면 화를 부르는 법이다.

닥스는 제 몫의 돈만 챙겼다.

그가 자리로 돌아가 앉자 지배인이 차를 가져왔다.

그의 얼굴에 의미심장한 미소가 걸렸다.

돈독이 오른 어린놈이니 옆에 있는 주머니도 손대지 않았을까라는 표정이었다.

지배인은 책상으로 간 뒤 닥스가 뒤진 서랍을 열었다.

그는 돈주머니 하나가 그대로 남아 있자 의아한 표정을 지었다.

닥스는 지배인을 향해 상큼하게 웃음을 날리고 자리에서 일어났다.

"테일은 알아서 풀어줘요. 그리고 제가 줬던 5골드는 적당하게 포장해서 테일에게 쥐어주도록 하세요. 그리고 앞으로 볼 일이 없었으면 해요."

큰형을 직접 데리고 나갈까도 생각했지만 마법부로 돌아가야 할 시간이 촉박했다.

'큰형은 다음에 만나야겠구나.'

닥스가 돌아간 뒤 지배인은 테일에게 10골드를 쥐어준 뒤 풀어주었다.

자신과 나눈 말은 절대 비밀로 해달라는 부탁까지 하면서.

'뭐가 어찌된 거지?'

막냇동생 딕스가 이 일에 개입한 것을 전혀 모르는 테일은 시름을 덜었다.

아카데미로 가던 중 테일은 빈민 구제 사무소에 들러 지배인이 줬던 10골드를 모두 기부해 버렸다.

한배에서 나왔지만 전혀 다른 두 사람이다.

그래도 이들은 피를 나눈 형제다.

*   *   *

딕스의 수련은 시계 초침처럼 정확하게 시작됐다.

자신만의 마력 문장을 완성하는 수련이다.

마법사가 되기 위한 가장 큰 관문으로, 재능자 대부분이 여기서 별 성과를 거두지 못해 정체된 삶을 산다.

완전한 마력 문장을 얻는 일은 낙타가 바늘구멍 들어가기였다.

마법사가 되어야 가족을 살릴 수 있는 구원의 동아줄을 얻는다.

국가에서 재능자를 우대한다지만 마법사에 비하면 그야말로 새 발의 피에 불과하다.

군대를 가진 영주들과 언제 능력을 꽃피울지 장담할 수 없는 재능자를 저울로 단다면 저울추는 영주 쪽으로 확 기울 것이다.

또한 데일이 후일 사고를 친다면 예지몽에서의 일이 재현될 수 있었다.

딕스의 입장에선 죽기 살기로 마력 문장 완성에 매달릴 수밖에 없었다.

'결코 주저앉지 않을 것이다!'

사람들은 딕스의 노력에 다들 혀를 내둘렀다.

호수에 앉아 명상한다. 정신에 들어앉은 물의 핵이 발동하여 물의 마나를 빨아들인다.

딕스의 의식에 자리한 마나의 연못에 마나가 가득 차오르자 그의 오메가 문장이 둥실 떠오른다.

오메가 문장이 푸르게 빛나며 좌우로 퍼져 나갔다.

자신만의 문장을 완성해 나가는 것이다.

마나의 연못이 차츰 말라가기 시작했다.

마나로 의식에 자리한 연못을 채운 뒤 문장 작업을 할 때 마나는 유입되지 않는다.

그리고 문장이 완성되지 않으면 마나는 흩어진다.

실패!

마나의 연못이 말랐고 오메가 문장은 바닥에 내려앉았다.

정신력을 과도하게 소비한 딕스는 피곤함을 느꼈다.

무리해서 마나의 연못을 채울 수는 있지만 자칫하면 부작용이 생긴다.

이는 수많은 선배가 경험한 것이다.

딕스는 잠시 휴식을 취했다.

넓고 잔잔한 호수.

많은 인력과 재물이 쏟아져서 완성된 궁궐의 이 호수는 주변 경관도 매우 아름다웠다.

한때 이 호수를 마법부에 넘겨준다는 공왕의 천명이 있자 왕족들이 크게 반발했다고 한다.

"어느 세월에 나만의 마력 문장을 완성할 수 있을까?"

마법부에 온 지 3개월이 넘었다.

계절은 한참 전에 가을로 접어들었다.

농부들은 수확의 기쁨에 웃음 짓지만 딕스의 경우 황무지에 곡괭이질만 하고 있었다.

언제 이 황무지가 옥토가 되어 수확물을 얻을 수 있을지 마음이 조급해지는 딕스였다.

*   *   *

수도에서 처음 맞는 신년.

모두가 들떠 있는 날이지만 딕스는 평소와 다름없이 수련장으로 가기 위해 방을 나섰다.

"코론 선배님, 어디 가세요?"

마법부 임관 9년 차. 이젠 10년 차에 접어든 코론, 그는 평소와 달리 화려한 외출복을 입고 있었다.

딕스는 자신의 나이를 무기로 여러 선배와 친해질 수 있었다.

"행사 뛰러 간다. 넌 신년인데, 흠……. 복장을 보니 수련장에 가나 보구나."

재능자들은 귀족가의 파티에 가는 일을 행사라고 불렀다.

처음엔 이 말이 무슨 뜻인지 알아듣지 못했었다.

"열심히 해야죠. 헤헤, 근데 어느 가문인데요?"

"파머슨 백작 가문."

"그래요. 근데 얼마 받기로 하셨어요?"

"50골드."

"엑? 그렇게 많이 받아요? 평소보다 두 배나 많이 받네요."

"성수기잖아. 크크."

"선배는 좋겠어요."

딕스는 행사를 뛸 수 있는 재능자들이 몹시 부러웠다.

"너도 몇 년 만 꾸준히 하면 속성의 능력을 발현할 수 있을 거야. 보통 5년에서 6년 정도면 다들 할 수 있으니까."

코론의 말은 딕스에게 저주였다.

6년 후면 데일이 사고를 쳐서 페론이 영지전에 휩쓸린다.

그 일만 생각하면 잠자는 시간도 아깝다.

그렇다고 이를 코론에게 내색할 수는 없었다.

"그럼 다른 선배들도 모두 행사 뛰러 가셨겠네요?"

"아니, 다들 집에서 가족과 보낸다고 하더라."

마법부 소속의 물의 재능자는 딕스까지 합쳐서 다섯 명이다.

이 중 여자는 리디아뿐인데 그녀는 상당히 과묵한 성격의 소유자였다.

딕스가 오기 전까지 그녀는 물의 재능자 중 막내였지만 지금은 그 자리를 딕스에게 물려준 상태다.

"선배는 가족과 안 보내요?"

"한 푼이라도 더 벌어야 대출금 갚지."

재능자 대부분이 가족들을 위해 수도에 집을 장만했다.

매달 30골드의 월급이 나오지만 이 돈을 안 쓰고 10년을 모아도 집 한 채 장만하기 힘든 게 수도의 부동산 시세다.

그래서 다들 대출을 받아 집을 샀다.

재능자들이 행사를 중요하게 여기는 이유가 바로 이 때문이다.

자신만의 마력 문장을 완성한 마법사는 왕실에서 공짜로

저택을 준다.

하지만 어느 세월에 자신만의 마력 문장을 완성할 수 있을지 장담할 수 없다.

그러니 무리를 해서 집을 장만할 수밖에 없는 것이다.

'나도 집을 장만해야 하는데 전 재산이 고작 280골드뿐이니. 휴우.'

딕스의 큰형과 작은형은 갈 데가 없어 눈칫밥 먹으며 주말과 방학 내내 기숙사에서 보냈다.

그래서 형제들이 편히 쉴 곳을 마련하기 위해 집값을 알아본 딕스는 그 자리에서 기절할 뻔했다.

시내에서 좀 떨어진 변두리도 집값이 최하 1,000골드다.

그것도 오래된 집인 경우고 신축한 지 3년 미만인 집은 2,000골드부터 거래가 이루어졌다.

그래서 수도 시민의 90퍼센트 이상이 월세를 주고 사는 세입자이다.

하지만 재능자 대부분은 시내에 있는 마당 딸린 2층 벽돌집을 갖고 있었다.

그들은 변두리 쪽은 아예 쳐다보지도 않았다.

"열심히 하시네요. 헤헤."

"가봐야겠다. 그럼 수고해라."

"선배님도 고생하세요."

"그래."

출입구에서 딕스는 코론과 헤어졌다.

그는 수련장인 호수를 향해 걸었다. 간밤에 내린 눈이 쌓여 온통 하얗다.

수련장으로 향하는 딕스의 걸음이 평소보다 힘이 없었다.

"오늘은 수련할 맛이 안 나네."

고향에 계신 부모님과 누나의 얼굴이 떠오른다.

기숙사에 궁상맞게 있을 두 형의 얼굴도.

"조촐하게 식사라도 할까?"

마음의 결정을 내린 딕스는 사감실로 발길을 돌렸다.

재능자는 외출 시 반드시 전담 경호원을 대동하도록 되어 있었다.

이를 어기면 감봉 6개월에 3개월간 외출, 외박이 금지된다.

사감실에 들러 외출 허가를 받은 딕스는 기숙사로 돌아와 옷을 갈아입고 나왔다.

두 명의 기사가 그를 기다리고 있었다.

"새해 복 많이 받으세요. 알프레 기사님, 드론 기사님."

딕스가 예의 바르게 인사하자 두 기사는 부드럽게 웃어주었다.

딕스는 먼저 수도 외곽에 있는 하사관 양성소로 향했다.

왕립 아카데미는 시내에 있었기에 작은형을 데리고 큰형

을 찾아가는 게 낫다고 여겼다.

양성소에서 작은형을 데려온 딕스는 곧장 왕립 아카데미로 향했다.

눈이 펼쳐져 있는 아카데미 교정은 발자국 하나 없었다.

학생 대부분이 겨울방학 초에 다 떠나고 일부 가난한 고학생만 기숙사에서 생활했다.

방학 중엔 구내식당이 문을 닫는 관계로 가난한 고학생들에게 방학, 특히 겨울방학은 가장 큰 시련기였다.

교문 수문장을 통해 기숙사에 연락을 취한 딕스는 마크와 함께 면회실에서 기다렸다.

"딕스, 마크도 왔구나."

"큰형, 밥은 먹었어?"

수입이 있는 딕스는 테일과 마크의 용돈을 책임지고 있었다.

처음엔 안 받겠다고 우겼던 둘은 딕스가 완강하게 나오자 할 수 없이 받고 있지만 쓰지 않는 티가 팍팍 났다.

딕스가 묻자 테일이 고개를 내저었다.

"나가자. 신년인데 혼자 있으면 심심하잖아."

딕스의 말에 테일과 마크는 서로를 보았다.

매번 동생에게 얻어먹으려니 형 된 입장에서 어찌 마음 편할 수 있겠는가! 그렇다고 자신들이 한턱 쏘겠다는 말도 우습다.

동생에게 용돈을 받는 처지에 이런 말은 누워서 침 뱉기다.

딕스는 형들을 대동한 채 니코가 알려주었던 식당을 찾았다.

그곳에서 그는 니코, 델, 벽, 빅을 만났다.

최근 네 사람을 한꺼번에 만나기는 처음인 딕스였다.

"딕스 님."

니코가 딕스를 알아보고 다가왔다. 나머지도 일어나 인사했다.

마크는 양성소 출신 선배들을 보자 경례를 붙였다.

네 사람 모두 마크의 인사를 받은 뒤 합석 여부를 물었다.

식탁에 차려진 음식이 없는 것으로 보아 이들도 좀 전에 온 듯했다.

딕스는 이들과 합석한 뒤 식탁이 부러질 만큼 많은 음식을 시켰다.

기사들도 한자리 차지하고 앉았다.

"내가 쏠게요!"

소년의 말에 모두가 웃었다.

"감사히 잘 먹겠습니다, 딕스 님. 한데 이런 날 술이 빠지면 안 되지 않겠습니까? 하하."

니코가 넉살을 떨었다.

쓸쓸하게 보냈을 형제들의 신년은 이들로 인해 즐겁고 유쾌하게 바뀌었다.

"술도 쏠게요. 하하."

딕스는 오늘만큼은 돈을 아끼지 않았다.

＊　　　＊　　　＊

불굴의 의지와 정신력으로 살을 에는 추위를 뚫고 수련장에 도착한 딕스는 몰려오는 오한에 크게 몸을 떨었다.

수련한답시고 앉아 있다간 얼어 죽기 딱 좋은 날씨였다.

"에, 에취!"

형제들을 위해 거금을 투척했다.

먹고 마실 때는 마냥 좋았다. 자신을 칭찬하는 사람들과 형들의 백그라운드가 되어주는 자신의 위치를 새삼 확인하자 매우, 굉장히, 대단히 행복했다.

구름을 타고 붕붕 날아다니는 기분이었다.

자신만 호의호식하는 것 같아 고향에 계신 부모님과 누나가 생각나서 잠시 잠깐 마음이 시큰했지만 대부분의 시간은 웃고 떠들며 보낼 수 있었다.

그렇게 밝고 유쾌하며 행복한 가운데 자리를 파장하고 계산대 앞에 섰을 때…….

자신을 비롯한 일행의 뱃속에 들어간 내용물을 계산서로 확인했을 때의 그 기분은 가시 박힌 비탈길을 데굴데굴 구른 느낌이었다.

뼛골이 시리다는 느낌이 이런 것이구나! 라고 절실히 체험한 그날, 딕스는 자신의 내면에 기분파 지름신이 살고 있었음을 통한의 눈물을 쑥 빼면서 절실히 깨달았다.

그래도 형들에게 좋은 사람들을 소개시켜 준 것이 그나마 위안거리였다.

자신도 잘돼야 하지만 형들도 잘돼야 한다.

우리 가족끼리 잘 먹고 잘살자!

아픈 속을 이 구호로 다스리는 딕스다.

그래도…….

"우쉬, 열 받네. 도대체 이렇게 막돼먹은 물가를 왜 제대로 잡지 않는 거야! 이건 정부의 직무 유기야! 직무 유기라고!"

북풍한설조차 단숨에 꺾어버릴 더럽게도 비싼 수도의 물가.

이참에 기분파 지름신을 영구히 봉인해 버리는 딕스다.

"돈이란 있다가도 없고, 없다가도 있을 리… 쩝, 없잖아? 건수 없을까? 아니지, 내가 마법사가 되면 고민 끝 행복 시작이잖아!"

꽁꽁 얼어붙은 호수.

수련이랍시고 매일같이 매달려도 늘 제자리만 맴돈다.

맴맴맴.

한겨울에 매미 소리라니?

철썩.

기합을 넣기 위해 뺨을 때렸다.

얼어붙은 볼따구니가 터져 버릴 것 같은 아픔.

정신이 번쩍 든다. 놀랍게도.

잡생각은 세찬 바람에 실어 날려 보내자! 이곳은 무진장 더운 곳이다. 더운 곳이다. 난 지금 무지 덥다. 난 물이 절실히 필요하다.

딕스는 자기최면을 걸며 추위를 몰아냈다.

"안 되잖아!"

눈물과 콧물이 주체할 수 없이 흘렀다.

저질스럽게 소매로 이것을 닦아낼 수 없었다.

명색이 예비 마법사! 장차 집안을 일으킬 가문의 역군! 이런 자신이 코흘리개 애들처럼 소매를 콧물로 왁스칠하는 건 말이 안 되는 노릇.

"에취!"

주변의 황량한 느낌이 한기와 함께 몸속 깊은 곳까지 스며들었다.

수련을 포기하고 싶은 마음이 물씬 치밀어 올랐다.

예지몽에서 본 영상이 머리를 스치고 지나갔다.

뼈를 깎는 수련이야 말로 미래를 바꿀 초석이 된다.

이 한 몸 부서져 가족을 지킨다면 이 어찌 즐거운 일이 아니겠는가!

비싼 수도의 물가에 질린 불편한 심정을 마음에서 밀어냈다.

추위에 떠는 몸을 잊기 위해 수련에 온 정신을 집중했다.

'나와 내 가족이 떵떵거리면서 장수할 길은 오로지! 오로지! 내가 마법사가 되는 길뿐이다!

*   *   *

신년을 넘겨 올해 25세가 된 마법부 임관 9년 차 코론.

자신보다 1년을 먼저 임관한 바이트가 복도 끝에서 나오는 것을 본 코론은 한달음에 선배를 향해 달려갔다.

"바이트 선배, 딕스 못 보셨어요?"

"꼬맹이? 못 봤는데. 실내 수련장에 있겠지."

"없더라고요."

"기숙사엔?"

"당연히 거기도 찾아봤죠."

딕스를 찾아 마법부 내를 이 잡듯이 뒤지고 다닌 코론.

점점 짜증이 치미는지 얼굴이 붉어지고 있었다.

"연회장에 먼저 간 거 아닐까?"

"그 녀석 왕궁 지리도 어둡잖아요."

"젤 있잖아."

"그 시녀는 휴가 갔잖아요."

"끙, 알아서 찾아오겠지. 한두 살 먹은 어린애도 아니고. 참, 너 사신단 연회에 우리가 초대된 이유 아냐?"

얼마 전 제국의 사신단이 방문했다. 이 일로 인해 왕궁의 경비가 몹시 삼엄해졌다.

"난들 알겠어요. 오늘 스케줄 잡혔는데 제국 사신단 놈들 때문에 취소됐어요. 통 큰 후퍼 자작가 파틴데. 피해가 막심해요."

"거기서 섭외 들어왔어? 자식, 발 엄청 넓혔네."

바이트는 코론의 스케줄이 취소되자 속으로 무척 고소해했다.

"선배만 하겠어요. 그나저나 이 꼬맹이는 대체 어디 간 거야. 설마 야외 수련장에 있는 건……."

"이 날씨에 얼어 죽으려고 거길 갔겠냐? 그냥 가자. 늦겠다."

"그렇겠죠. 에잇, 나도 모르겠다."

두 사람은 총총걸음으로 연회장을 향해 이동했다.

　　　　　*　　　*　　　*

스스스스스.

완벽한 마력 문장!

이를 위해 각고의 노력을 기울이는 수많은 재능자. 하지만 그들 중 소수의 사람만이 행운과 만난다.

마법사의 상징이자 힘의 증표!

'의식의 영역으로 마나를 끌어들인다. 의지 발현!'

마나는 그의 의지가 통제하는 대로 반항 없이 움직였다.

이미 닦아놓은 튼튼한 길이라 흐름은 끊어지지 않고 도도하게 움직인다.

순환 단계의 첫 번째 과정인 것이다.

움찔!

맹추위에 얼어붙은 그의 몸뚱이.

반대로 그의 정신에 박힌 물의 핵은 맹렬한 움직임을 보였다.

수련을 시작한 지 일 년도 되지 않은 초보자치곤 마나의 양이 가히 경이로운 수준이다.

갓 열세 살이 된 소년의 정신력.

마나의 양은 수련자의 정신력과 비례한다는 점을 생각하

면 결코 상상할 수 없는 마나 유입 현상이 벌어지고 있었다.

이른 아침부터 계속된 딕스의 수련.

그는 점심도 거른 채 수련 자세를 풀지 않고 있었다.

다른 날과 달리 오늘은 유독 수련에 진척이 느껴졌다.

피로감도 없었다.

무아지경!

평생에 한두 번 있을까 말까한 수련자들에게 찾아오는 행운의 현상이 지금 딕스에게 일어나고 있었다. 초보 수련자에 불과한 딕스에게 말이다.

자신만의 마력 문장을 끊임없이 만든다.

본인에게 맞지 않는 문장이 사라짐과 동시에 내면의 마나 저수지는 고갈된다.

다른 날 같으면 마나 저수지를 채우는 데 상당한 시간 소모되는데 오늘따라 금세 채워졌다.

쩌저저적! 파직!

호수를 덮은 두꺼운 얼음이 외부의 압력이 없는데도 금이 간다.

이 틈새로 물줄기가 솟구치더니 무아지경에 빠진 딕스의 몸을 감싸고 돌았다.

2단계의 완성 현상이 지금 벌어지고 있었다.

수년을 매일같이 전력으로 집중하여 수련해도 될까 말까 한 기연이 지금 딕스의 주변에서 일어났다.

하지만 딕스는 이를 느끼지 못하고 있었다.

자신만의 마력 문장을 찾는 데 집중하고 있었기에.

사르르.

미동도 없던 그의 몸뚱이가 뇌의 명령도 없이 움직였다.

그의 전신을 감싸고 돌던 물줄기가 팔의 움직임에 따라 이리저리 움직였다.

신비롭고 놀라운 광경이 펼쳐졌다.

마법부 임관 10년 차 바이트, 2단계를 완성한 그조차도 지금 딕스가 무의식중에 시현하는 양의 물을 조절할 수 없다.

놀랍도록 섬세하고 아름다운 광경. 물은 긴 뱀처럼 허공을 자유롭게 유영했다.

2단계의 재능자는 속성의 마나를 다른 형태로 변형하여 쓸 수 있다. 사람들은 이러한 힘을 쓰는 자들을 견습 마법사로 부른다.

재능자에서 한 단계 성장했음을 실체로 보여주는 능력.

이런 자들에게 붙는 칭호.

견습 마법사.

평생 한두 번 찾아오기 힘든 무아지경.

딕스는 전투 골렘을 소환하는 데 필요한 자신만의 마력 문장 완성은 이룰 수 없었으나 재능자에서 견습 마법사로 단숨에 도약해 버렸다.

촤아아아악!

무아지경의 달콤함에서 벗어난 딕스는 눈을 떴다.

'어라? 팔은 왜 들고 있지?

양팔이 들려 있자 이를 의아하게 생각한 딕스는 손을 내렸다.

그의 머리 위에서 즐겁게 유영하던 기다란 물 덩이가 쏟아져 내렸다.

물벼락!

"우아아아아아! 우푸, 콜록콜록, 퉤퉤! 뭐, 뭐야? 누가 장난하는 거야!"

갑자기 몰려오는 한기와 쏟아지는 물벼락.

단순 재능자에서 견습 마법사로 올라선 그는 이날 엄청난 양의 물세례를 받았다.

그리고 한동안 그는 침대에서 일어나지 못했다.

"에취!"

지독한 감기에 걸려서.

*　　　*　　　*

"우와!"

딕스의 입에서 기쁨 가득한 커다란 탄성이 연이어 터지고 있었다.

보라, 자신의 손짓을 따라 움직이는 저 신비로운 물 덩이의 움직임을.

어찌 저것을 보고 탄성을 쏟아내지 않겠는가.

두근두근, 쿵쾅쿵쾅.

자신이 펼치는 신비로운 향연에 스스로 놀라고 감탄하는 소년은 목구멍 밖으로 자신의 심장이 튀어나오지 않을까 싶어 벅차오르는 감동을 급히 입을 틀어막으며 억제했다.

별빛처럼 영롱한 딕스의 눈가는 어느새 촉촉해졌고, 몸은 구름이라도 된 듯 아랫배에 힘을 주지 않으면 하늘로 훨훨 날아가 버릴 것만 같다.

눈앞의 이 현상이 무엇이던가!

바로 책으로만 접했던 견습 마법사의 단계가 아닌가.

대체 자신이 언제 이러한 경지에 올랐을까?

딕스는 자신이 대견해서 미칠 것 같았다.

할 수만 있다면 닳아 없어질 만큼 자신의 입술에 키스를 퍼붓고 싶었다.

심지어 벌거벗고 온 궁궐을 돌아다니며 외치고 싶었다.

'나 견습 마법사 먹었다!' 라고. 하지만 곡식은 익을수록 머리를 숙여야 한다고 하지 않던가.

소년의 눈앞에 풍요로운 과실수가 보인다.

가지마다 주렁주렁 매달린 것은 소년이 그토록 흠모하고 경애하는 똥색 금화.

눈앞에 펼쳐진 그 환상에 손을 가져가자 금화가 주렁주렁 매달린 나무가 흔적 없이 사라졌다.

결코 아쉽지 않다.

자신이 이룩한 이 놀라운 성취는 곧 환상을 실제로 만들 테니까.

"나 정말 뭔가 크게 될 놈인가 봐. 크크, 하하, 하하하하, 크하하하하하."

이 기쁨을 누구에게 먼저 알릴까? 가족들의 얼굴이 차례차례 떠올랐다.

눈을 감자 가족들이 웃으며 달려오는 듯했다.

아버지의 두툼한 손이 나타나 머리를 쓰다듬는 모습이 머릿속에 절로 그려진다.

따뜻한 미소와 마음으로 안아주는 어머니의 품이, 그 온기가 느껴진다.

이 벅찬 순간을 그들과 함께 나눌 수 없다는 게 못내 아쉽고 섭섭하다.

'아빠, 엄마, 낳아주셔서 감사합니다! 크흑.'

촤아악, 챠리리링.

수면과 부딪치는 마찰음, 대기를 타는 아름다운 멜로디.

기쁨을 억누른 딕스는 자신이 창조한 물의 형상에 더욱더 힘을 쓰며 깊이 빠져들었다.

그때, 누군가의 인기척을 느꼈다.

무심코 고개를 든 딕스는 깜짝 놀랐다.

'어라? 저분은!'

마법부로 편입된 호수는 더 이상 외인의 출입이 허용되지 않는 금지 구역이다.

이러한 곳에 마법부와 전혀 상관없는 고귀한 여자분이 등장했다.

저 여성에게 금지 구역은 궁궐에 존재하지 않으리라.

그녀는 뮬 공국의 계승자 엘리자베스 폰 뮬!

그 고귀한 여성은 딕스 인생 최대 전환점이 될 순간에 관객이 되었다.

운명일까?

바람에 실린 그녀의 향기에 딕스는 정신이 번쩍 들었다.

두 눈을 말똥말똥 뜨고 고개를 뻣뻣이 들어 왕족을 주시하다니!

이 무슨 대역무도한 짓이란 말인가.

급히 정신을 수습한 딕스는 직각으로 허리를 숙였다.

지면을 향한 그의 얼굴에 걱정이 가득하다.

그녀가 자신의 불경을 벌하지 않을까 싶어서다.

콩닥콩닥.

"마법부의 딕스, 존귀하신 공주님을 뵈옵니다."

"너, 방금 그거 뭐였니?"

엘리자베스 공주의 아름다운 두 눈은 딕스의 물의 마나가 춤을 추었던 허공에 못 박혀 있었다.

딕스는 그녀의 시선이 고정된, 이제는 빈 허공인 곳을 바라본 뒤 조심스럽게 공주의 얼굴을 응시했다. 그러다 그녀와 시선이 마주쳤다.

이에 크게 놀란 딕스는 황급히 허리를 숙였다.

그리고 그답지 않은 불경한 대답을 하고 말았다.

정신이 반쯤 달아난 상태가 아니었다면 결코 이런 대답은 하지 않았을 딕스다.

"무, 물놀이인데요?"

딕스는 자신이 지금 무슨 말을 했는지 뒤늦게 깨달았다.

후회가 밀려왔다.

그리고 두려웠다.

그녀가 자신의 대답에 불쾌감을 느낄지 모른다는 생각에.

부르르.

"물놀이? 너 언제 견습 마법사에 올랐니? 그런 얘긴 들질 못했는데."

공주는 딕스의 행동을 탓하지 않았다.

이에 딕스는 유일신의 가호가 내렸다고 생각했다.

바짝 다가선 엘리자베스 공주의 그림자에 깜짝 놀란 딕스는 황급히 옆으로 몸을 이동했다.

왕족의 그림자를 밟아선 안 된다! 라는 깐깐한 인상의 궁중 예절 교육관의 추상같은 호통은 아직도 뇌리에 뿌리 깊게 남아 있었다.

자동 반사, 조건 반사, 기타 등등.

식은땀이 줄줄 흐르는 순간이다.

"자고 일어나니까 이리되었습니다. 공주님."

또다시 이상한 대답이다.

하지만 이게 진실인데 어쩌란 말인가!

고열과 두통을 동반한 감기로 열흘을 침대에서 헤매다 오늘에서야 겨우 일어났다.

곧장 야외 수련장에 왔는데 평소와 달리 물의 느낌이 이채로웠다.

그 느낌을 좇아 마나를 움직였더니 좀 전과 같은 현상이 벌어졌다.

자신이 하고도 납득하기 힘들었던 놀랍고 신기한 일이 아닐 수 없었다.

그러니 대답이 수수께끼 같을 수밖에 없다.

공주님이 이를 오해하지 않았으면 하고 딕스는 내심 바라였다.

엘리자베스 공주는 딕스의 태도나 대답에 언짢아하지 않았다.

딕스는 바닥에 고인 물웅덩이를 통해 이를 확인할 수 있었다.

태양을 후광으로 둔 그녀의 부드러운 표정.

천사도 지금의 저와 같은 표정을 짓지 못하리라.

그래도 모른다. 지금부터라도 정신을 바짝 차리고 몸가짐을 최대한 조심해야 한다.

그녀는 호환마마도 겁낸다는 유일신의 사랑을 한 몸에 받는 고귀한 왕족이지 않은가!

"자고 일어나니 그리됐다고?"

"그, 그러니까요, 공주님. 제 말은… 결코 공주님을 기만하려거나 무시하려는 뜻이 있어 그런 건 절대 아니에요. 맹세도 할 수 있어요! 그냥… 감기 한 번 앓고 일어나니까 이렇게 된 거예요. 정말 딴 뜻이 있어서 그런 허접한 대답을 한 게 아닌 점만 꼭 알아주세요."

마음을 추스르려 노력했지만 역시 왕족은 께름칙하고 무

섭다.

횡설수설하는 딕스의 모습에 공주의 입가에 웃음이 매달렸다.

공주는 그를 귀여운 강아지 보듯 바라보았다.

딕스가 우려하고 두려워할 일은 절대 없을 것이다.

저 웃음이 진심이라면.

"아팠었구나. 그래, 지금은 괜찮으냐?"

어라? 이 공주님이 지금 자신의 몸을 걱정해 주는 거야? 정말 그런 거야? 딕스는 폭풍 같은 감동을 맛보았다.

고귀한 왕족의 걱정을 받는 자! 과연 몇이나 될까.

딕스는 바보 같은 지난 행동과 태도를 지금이라도 바로잡아야겠다는 생각에 궁중 예절에 맞춰 대답했다.

"황공하옵니다. 공주님. 지금은 병마를 말끔히 털어냈사옵니다."

"예절 교육관이 엄청 잡았나 보구나."

"네?"

그 깐깐한 예절 교육관이 자신만 빡세게 조련한 게 아닌가 보다.

'공주님도 그 할멈에게 엄청 당하셨나 보네. 늙으면 두려움도 없어지는 건가?'

"아니다. 후훗, 어쨌든 몸이 다 나았다니 다행이구나. 생활

에 불편한 점은 없느냐?'

공주는 좀 전에 본 장면이 아직도 뇌리에 선명했다.

사실 그녀는 크게 놀라고 있었다.

눈앞의 이 아이가 제대로 된 교육을 받은 지 얼마 되지 않았기에 이를 생각하면 소년의 성장은 경악이란 단어를 쓸 만큼 충격적인 일이었다.

평소였다면 아마 자신의 놀람을 크게 표현했으리라.

하지만 오늘은 평소와 달리 그녀에겐 굉장히 우울하고 슬픈 날이었다.

"화, 황공하옵니다. 공주님."

고향 집과 이곳을 비교하면 천국과 지옥이다.

신선한 고기와 야채, 과일을 매일 먹을 수 있다.

방은 늘 따뜻하고 통풍도 잘 된다.

또한 월급은 입이 쩍 벌어질 만큼 주지 않는가!

'신년 선물 보낸 건 고향 집에 이제 도착했겠지.'

아버지, 어머니, 누나를 위해 장인이 심혈을 기울여 제작한 비싼 외투와 구두를 보냈다.

그리고 얼마간의 돈도 넣어 보냈다.

그 돈을 보면 어머니는 아마 깜짝 놀라실 것이다.

자신이 건강한 사람 변색을 닮은 금화에 기절초풍했던 그때처럼.

'안 쓰고 또 모으시는 건 아니겠지?'

어머니라면 충분히 그러실 것이다.

그래서 마음이 살짝 아려온다.

'영문은 모르겠지만 나도 이제 견습 마법사가 되었으니 선배들처럼 틈틈이 파티 알바를 하고 대출을 조금 받으면 집 장만도 할 수 있을 거야!'

"그러다 땅에 네 얼굴을 심겠구나. 몸을 편히 하렴."

안 그래도 피가 얼굴에 몰려 살가죽이 떨어져 나갈까 싶던 차였다.

딕스는 공주가 적절한 타이밍에 손을 내밀자 내심 환호했지만 점잖은 신하처럼 느릿하게 허리를 폈다.

"황공하옵니다. 공주님."

궁궐에 몇 달을 살았지만 첫날 입궁했을 때를 제외하면 왕족을 만난 일이 없었다.

그들과 소년은 살아가는 터도 다르고 동선도 달랐기 때문이다.

왕족에 대한 면역력이 없기에 소년의 당황은 당연하지 않을까 싶다.

그래도 짬짬이 딴생각을 하는 걸 보면 좀 전보다 확실히 나아지긴 했지만.

"호호, 재밌는 아이구나. 이름이 딕스였지, 아마?"

"미천한 저의 이름을 기억해 주시니 황공하옵니다. 공주님."

"나 많이 걸어서 다리가 아픈데, 저기 앉을래?"

공주가 말한 곳은 얼음이 살짝 낀 평평한 바위다.

저런 누추하고 천박한 곳에 공주님의 고귀한 엉덩이를 붙이게 할 수는 없다.

만일 그리했다가 소문이라도 난다면? 그렇다고 공주님이 저리 말씀하시는데 '아니되옵니다!' 라고 말할 용기도 없다.

딕스는 자신이 할 수 있는 최선책을 강구했다.

후일 오늘 일이 알려져도 변명할 수 있게끔 여지를 만든다.

재빨리 외투를 벗은 딕스는 바위에 이를 깔았다.

덕분에 딕스는 한기에 몸을 떨어야만 했다.

소년의 작은 몸뚱이가 추위에 떨리는 것을 본 엘리자베스 공주는 미안한 표정을 지었다.

눈길을 내내 아래로 둔 딕스는 이 표정을 보지 못했다.

소년은 그저 이 순간이 후다닥 지나가기만을 진심으로 바라고 있었다.

"춥지 않니?"

"화, 황공하옵니다."

"감기 걸렸었다며?"

딕스는 내심 공주님이 제발 가주기만을 바랐다.

그녀와 함께 있노라니 강철로 된 가시방석에 맨몸뚱이로

뎅구는 기분을 지울 수 없었다.

만약 누군가가 소년에게 오거와 공주 중 누가 무섭냐고 물어본다면 소년은 확고한 태도로 공주라고 대답할 것이다.

오거는 눈앞에 있는 자신만 잡아먹지만 왕족인 공주와 자칫 잘못 엮이면 가족들까지 형장의 이슬이 될 수 있기 때문이다.

'그냥 가시면 안 될까요? 저 춥고 정신도 하나 없거든요. 제발 가주세요. 공주님, 네?'

내심으로는 자신의 주관을 소신 있게 밝히는 딕스였다. 그러나 현실에선 '황공하옵니다'를 달고 산다.

"황공하옵니다."

"내가 불편한가 보구나."

딕스는 이 물음에 침묵했다.

침묵은 긍정이다. 그러니 아름답고 고귀하시며 영특하신 공주님이 이를 이해하시고 오셨던 걸음걸음으로 사뿐히 돌아가 주시길 진심으로 소망했다.

"하아, 네가 나를 두려워하는 것의 반에 반만이라도 그가 날 꺼려 한다면 참으로 좋겠구나."

공주의 한숨에 그제야 딕스는 두려움에서 벗어나 제대로 된 사고를 할 수 있었다.

'무슨 말씀을 하시는 거지? 뭔 일 있으신가?'

불경하지만 바닥으로 깔았던 눈을 살짝 들어 공주의 얼굴을 재빨리 훔치고 제자리로 눈을 돌린 딕스다. 작은 이 행동에도 그의 심장은 격렬하게 두방망이질치고 있었다.

공주는 그가 자신을 훔쳐본 것을 보지 못했다.

그녀는 커다란 두 눈에 뜻 모를 슬픔을 담은 채 얼어붙은 호수만 망연히 바라보고 있었기 때문이다.

침묵이 길어지고 시간이 흘렀다.

딕스로서는 미치고 환장할 시간이었다.

잠시 후 이러한 고문 같은 시간이 마침표를 찍었다.

"딕스, 비밀로 해주겠니?"

비밀? 무엇을? 그녀와 자신이 무슨 대단한 일이라도 한 게 있었던가? 혹시 공주라 할지라도 이곳에 오는 것은 안 되는 일인가? 그래서 이 일을 모른 척해달라는 부탁인가?

공주의 짧은 한마디에 딕스의 머리가 맹렬하게 움직였다.

그렇게 치열하게 생각하고서 내린 결론은 공주도 이곳은 출입 금지구나! 였다.

"미천한 신은 오늘 아무것도 보지 못했습니다."

대답을 한 딕스는 자신의 대답이 대대손손 가문의 교훈으로 삼을 수 있는 걸작이라 생각했다.

'나 오늘 충신이 된 기분이군. 크큭.'

고달프고 배고픈 충신보단 편안하고 배부른 간신을 더 선호하는 딕스다.

그런 그에게 지금의 이 멘트는 자신이 생각해도 충신들이나 할 법한 고귀한 멘트처럼 여겨졌다.

추위에 파랗게 질린 소년의 작은 얼굴에 떠오른 뜻 모를 자부심과 진지함을 본 공주는 피식거렸다. 그녀는 딕스가 그토록 바라던 대로 자리를 털고 일어섰다.

"참, 딕스."

"네, 공주님."

"지금의 네 능력 말이다. 앞으로 몇 년간은 비밀로 하거라."

"무슨……?"

"스스로 잘 났다고 생각하는 사람은 자신의 자부심인 기록이 깨지는 걸 굉장히 싫어한단다. 그런 사람들은 자신을 추월하는 사람이 등장하면 축하 대신 앙심을 품게 된단다. 이제 네가 바라는 대로 난 가봐야겠구나. 오늘 즐거웠다. 딕스."

딕스는 쇠망치로 뒤통수를 맞은 듯 머릿속이 멍해졌다.

'그녀가 내 속을 어찌?'

설마 왕족은 독심술을 기본으로 배우는 것일까? 그렇지 않고서야 어떻게 자신의 속마음을 이리 콕 짚어낸단 말인가!

부르르.

놀랍고 두려운 일이다.

바람처럼 왔다가 바람처럼 가버린 공주.

하지만 그녀가 일으킨 바람은 앞서 그녀가 조언한 하나의 말로 인해 혼란으로 변했다.

'몇 년간 알바하지 말라는 말이잖아! 이런······.'

차마 내심으로도 공주님을 향해 욕을 할 순 없었다.

떵떵거리며 평생 잘살다가 죽어서야 손가락질 받는 간신을 선호하는 딕스였지만 명색이 이 나라의 백성이지 않은가.

"조, 좋다 말았네. 쓰읍."

불만은 있지만 왠지 공주님의 말씀대로 해야만 할 것 같다.

"······자부심인 기록이 깨지는 걸 굉장히 싫어한다고? 나랑 누구를 비교한 말인 것 같은데. 그게 누구지? 나 참, 알다가도 모를 공주님일세. 그렇다고 공주님의 말씀을 어길 수도 없으니······. 몇 년이라······. 아! 내 돈······. 크흑."

『딕스전기』 2권에 계속···

The Record of Dragon's Return

재중 귀환록

푸른 하늘 장편 소설

FUSION FANTASTIC STORY

『현중 귀환록』, 『바벨의 탑』의
푸른 하늘 신작!

이계를 평정한 위대한 영웅이 돌아왔다!

어느 날 갑자기 찾아온 부모님의 죽음.
그리고 여동생과의 생이별.
모든 것을 감당하기에 재중은 너무 어렸다.
삶에 지쳐 모든 것을 포기할 때, 이계에서 찾아온 유혹.

"여동생을 찾을 힘을 주겠어요.
…대신 나를 도와주세요."

자랑스러운 오빠가 되기 위해!
행복한 삶을 위해!

**위대한 영웅의
평범한(?) 현대 적응이 시작된다!**

천예무황

天藝武皇

진짜배기 무협의 향기가 온다!

『천예무황』

산중에서 평화로이 살던 의원 설운.
평범하게만 보이는 그에게는 씻을 수 없는
과거가 있었으니…….

칠 년의 세월을 지나
피할 수 없는 과거의 업(業)이 다시 찾아온다.

'잊지 마오.
세상 모든 사람이 다 그대를 잊은 그때에도
나는 그대를 기억하고 있음을.'

정(正)과 마(魔)의 갈림길.
무림을 덮은 혈풍 속에서 선(善)의 길을 걷다!

Book Publishing CHUNGEORAM

유행이 아닌 자유추구 -
WWW.chungeoram.com

말년병장, 이등병되다!

에바트리체 장편 소설
FUSION FANTASTIC STORY

대한민국 남자라면 알고 있을 바로 그 이야기!

『말년병장, 이등병 되다!』

전역을 코앞에 둔 말년병장, 이도훈.
꼬장의 신이라 불리던 그가 갑자기 훈련병이 되었다?!

"…이런 X같은 곳이 다 있나!"

전우애 넘치는 군인들의
좌충우돌 리얼 군대 이야기!

Book Publishing CHUNGEORAM

유행이 아닌 자유추구 -
WWW. chungeoram.com

LORD

FANTASY FRONTIER SPIRIT

영주 레이샤드

RAY SHADE

한승현 판타지 장편소설

저주받은 영지 아베론의 영주 레이샤드,
열다섯 번째 생일날,
정체불명의 열쇠가 그의 운명을 바꾸었다!

『영주 레이샤드』

시험의 궁을 여는 자, 원하는 것을 얻으리니!
시련을 극복하고 새로운 땅의 주인이 되어라!

레이샤드의 일대기가 시작된다!

Book Publishing CHUNGEORAM

유행이 아닌 자유추구 -
WWW.chungeoram.com

FANATICISM HUNTER

광신사냥꾼

류승현 판타지 장편 소설

FANTASY FRONTIER SPIRIT

「블레이드 마스터」의 류승현 작가가 펼쳐내는
판타지의 새로운 신화!

마도대전을 승리로 이끈 유리언 대륙의 영웅,
최강의 아크 메이지 제온!

그러나 '세상의 섭리'에 아내와 아이를 빼앗기는데……

『광신사냥꾼』

만약 그것이 정말로 세상의 섭리라면,
그마저도 무너뜨리고 말리라!

복수를 위한 제온의 위대한 여정이 시작된다!

Book Publishing CHUNGEORAM

유행이 아닌 자유추구 -
WWW.chungeoram.com